KB071287

0감 Paper

강원상

0감 Paper

공감할
것같은
感

지식공감 도서출판

Prologue

프롤로그

당신의 꿈은 무엇입니까?

— 꿈

우리는 평생 '꿈'을 가지려 합니다.
그것이 '직업'일 수도 있고,
혹은 이뤄지기 바라는 '소망'일 수도 있습니다.

꿈은 어딘지 모르지만 반드시 떠나야 하는 여행이라 생각했습니다.
비록 어딘지 모르고 떠나기에 우여곡절은 많겠지만
분명한 건 그곳에 도착해야만 아름다운지 확인할 수 있습니다.
한 여성에게 사랑에 빠질 때,
사귀어 보기 전까지 그녀를 절대 알 수 없듯이 말입니다.

그 어떤 꿈도 우린 크고 작음을 평가할 수 없습니다.
그에게 그녀가 전부일 수 있고,
할머니에게 글자를 배우는 것이 평생의 꿈일 수 있습니다.

오늘 저는 꿈을 꿉니다.
이 글을 읽고 누군가가 바라는 일이 생기고
저처럼 그 꿈을 이루는 꿈을.

01

이별하고, 사랑을 배웠다

꼭

심심하단 이유로
아무에게나 관심 주지 말고

외롭다는 이유로
마음 없이 사귀지 말자.

신발

신발을 사주면 도망가는 게 아니라

신발을 사줘도 도망가더라.

당신을

먼저 안부를 묻는다는 건
당신을 계속 생각했다는 것이고

연락을 기다리는 건
당신에게 관심받고 싶다는 것이다.

지나간 대화를 곱씹어보는 것은
당신을 오래 기억하고 싶단 것이고

매번 답장이 빠르다는 것은
잠결에든, 운전 중에라도
당신과 대화하고 싶단 것이다.

당신을 _ 당신을 계속 생각했다는 것

계절

어떤 계절도 헤어지기 좋은 계절은 없다.

헤어진 계절이 가장 싫은 계절이 되더라.

우리

우리 이렇게 헤어지자.
처마 끝 추락하는 고드름처럼

우리 다시는 만나지 말자.
해를 마주할 수 없는 달처럼

고백

짝사랑의 끝은 고백이고,
연애의 시작도 고백이다.

너란 존재

너를 알고 싶어서 먼저 나를 들여 보았고
내 안을 들여 보다 보니 이제 조금 알겠더라.

너는 내가 누구인지 직접 말한 적은 없지만
너란 존재만으로도 나를 보게끔 만들었으며,

너를 알기 위해 시작한 나를 알게 해줌이
너란 존재만으로도 얼마나 소중한 사람인가.

낮달

너와 헤어진 그 날 이후
해는 밤에 뜨고
달은 낮에 떠올랐네.

너와 함께 했던 그 순간들이
얼마나 정상적이었는지
여태 나는 몰랐었네.

지갑

여자의 마음을 얻고자 하면
지갑을 열어라.

당신의 지갑 속 두께보다
갈증 날 때쯤 생수를 사오는 센스.
눈 오는 날 군밤을 사오는 배려.
버스 탈 때 두 명이요, 외치는 자신감.
뜬금없는 장미 한 송이 선물 기대하더라.

그대, 그녀의 마음을 얻고 싶다면
지갑을 열어라.

사람이 쉽지 않은 이유

언제든 떠날 수도 있단 두려움이 '애착'을 키우고,

항상 당신은 옆에 있을 거란 믿음이 '소홀함'을 키우더라.

너와 뛰면

혼자 뛸때 앞만보던 내가
너와 뛰니 옆도, 뒤도 보게되었네

항상 땅만 보며뛰던 내가
너로인해 꽃도보고 별도 보게 되었네

두손 꼭 잡은 손 우린 하나 되었다네

가을

천고마비의 계절 “가을”

하늘이 고통스러울 만큼
마비시키는 너의 미모에

나 또한 반해버렸다.

테스트

내가 좋아? 책이 좋아?

.

.

.

난 책 읽는 너가 좋아.

더치페이

사랑은 더치페이가 없다.
덜 내는 쪽이 이득 보는 것 같다.

헌데 받기만 하고 쓰지 않으면,
연말정산 때 분명 후회란 피박 본다.

사랑하면 버려야 할 3가지

1. 평생 옆에 있어 줄 것이란 '안일함'

2. 너 아니어도 된다는 '자만심'

3. 잘 지내라는 '끝인사'

이별하고 사랑을 알았네

사랑이 얼마나 달콤한지
사람을 미치게 하는지
해본 사람은 누구나 안다.

이별이 얼마나 가슴 아픈지
사람을 못 살게 하는지
해본 사람은 누구나 안다.

사랑이 왜 달콤했는지
사랑이 왜 사람을 미치게 하는지를
여태 나는 몰랐다가
이별하고서야 사랑을 알았다.

그녀가 떠난 후에야 빈자리의 소중함을 알게 되었다.

깡통

무언가를 담았던 나는 안다.
너마저 빠져나가는 순간

그냥 난 '깡통'이 되었다는 걸

이별의 수준

여자는 이별하면 머리를 자르고,
남자는 이별하면 술을 마신다.

여자의 단발은 예뻐 보이기라도 하는데
남자의 주사는 봐줄 수도 없네그려.

여자의 예뻐진 모습 깨톡 사진으로 남기고
남자의 술 먹고 보낸 깨톡 후회만 남네.

여자는 자라는 머리만큼 '그리움'이 자라고
남자는 기울인 술잔만큼 못 해준 '후회'만 자라네.

소중한 건

그때 그 시절 그 좋았던 추억들도
지금 되돌아보아야 아름답게 보일 뿐
회상하지 않는다면 눈처럼 녹아버리고

그때 미친 듯 좋아했던 그 사람도
지금 내 옆에 없다면 그저 스쳐 지나간 남임을
이제 알았네그려.

다른 시선

당신은 용기 있다.
당신은 나를 본다.

나는 비겁하다.
당신의 상황을 본다.

가슴으로만 대하는 당신에게
머리로 대하는 내가 부끄럽다.

차이점

남자는 여자를 처음 만나서 '얼굴'을 본다.
여자는 남자의 '말투'를 본다.

남자는 데이트하면서 여자의 '얼굴'을 본다.
여자는 남자의 '행동'을 본다.

남자는 헤어지기 전까지 여자의 '얼굴'을 본다.
여자는 남자의 '매너'를 본다.

남자는 여자의 '얼굴'을 보고
여자는 남자를 '면접'을 본다.

비 내리는 밤

비는 나를 젖게 하고
너는 나를 멎게 하고
밤은 나를 깊게 한다.

비 내리는 깊은 밤 네가 보고싶다.

비를 기다리는 이유

비 오는 날 그녀를 만나는 걸까.
그녀를 만나면 비가 내리는 걸까.
중요한 건 그녀를 만나면 항상 비가 내린다는 것.

그런 그녀를 오늘 만났는데 비가 오지 않았다.
그리고 오늘이 그녀와의 마지막이 되었다.

나는 지금 비를 기다리는 걸까?
아니면 그녀를 기다리는 걸까.

사랑한다면

내가 없다면 이 아니라
내가 옆에 있기에

네가 옆에 없다면 이 아니라
네가 옆에 있음으로

나의 부재로 인한 걱정보다
내가 곁에 존재함에 네가 행복한지

그것이 진심으로 중요했던 것 같다.

사랑과 달리기

"너무 아픈 사랑은 사랑이 아니었기를."

허나 아파보지 못한 사랑은 더 아니었다.

달리는데 숨차지 않은 건 절대 달리지 않아 본 거다.

잘 통한다

남자가 말이 잘 통한다는 것은
여자가 잘 들어준단 의미이고,

여자가 말이 잘 통한다는 것은
남자가 자기 말만 하지 않는 것이다.

사랑이 어렵다

곰곰이 생각해보니 난 아직 사랑을 모르는 것 같다.
'떨림'이 사랑이라 믿었는데 시간이 지나보니 바람과 같이 사라지고,
'보고픔'이 사랑이라 믿었는데 이제 그녈 안 봐도 잘 산다.
'희생'이 사랑이라 믿었는데 사실 어머니 사랑을 보니 내 것은 보잘것없더라.
'영원함'이 사랑이라 믿었는데 사람의 마음에 자라날 수 없는 단어더라.

그래서 나는 아직도 사랑을 모르겠다.

약속

당신과의 약속은 만나는 시간만의 약속이 아니다.
그날 하루, 아니 그 전날부터의 기대이며, 기다림이기도 하다.

당신과의 약속은 내가 아는 모든 사람을 못 만나는 '기회비용*'인 것이며,
그날 내가 할 수 있는 가장 즐거운 것을 포기하는 것을 의미한다.

그래서 당신이 약속을 깬다면, 난 그날 길을 잃은 아이가 된다.

* 어떤 것을 선택함으로써 포기하는 가치 중에서 가장 큰 것

함께

함께 할 수 있다는 것이 즐거운 게 아니라
함께 할 때 즐거운 것이다.

가끔 우린 그렇게 착각을 한다.
특히 소중한 사람들에게(...

냉정과 열정 사이

머리와 가슴이 싸우는 경우
머리는 당연히 본인이 이긴다고 생각한다.
왜냐면 생각은 머리로 하니깐.

헌데 가슴이 머리를 항상 이겨왔다.
가슴은 행동을 시킨다.
가야 한다 생각하는 사이 벌써 가 있다.

남성의 고백

고백에서 중요한 건 진심만이 아니다.
진심을 전달하는 "방법"이었다.

"너를 좋아해."란 말을 하는 것만 중요한 게 아니라.
언제, 어디에서, 어떤 방식으로 "표현"하느냐가 중요한 것이었다.

고백은 Go 했음, 다신 Back 할 수 없다.

그때 우린

우린 한 손에 휴대전화를 쥐고 잠이 들었다.
무슨 할 이야기가 그리 많았을까.

방전된 휴대전화를 충전하며 통화를 했다.
배터리가 뜨거워 귓불이 빨개질 만큼.

그때 우린 너무 열심히 사랑만 했다.
알고 싶었고, 듣고 싶었다.

시간이 지나 우린 변했다.

휴대전화 충전기의 불이 꺼져 있고
늦은 밤 침묵보다 깊은 무관심이 흘렀다.

"잘자"란 인사말도 없이 잠들었으며,
다신 귓불이 빨개질 일이 없어졌다.

그렇게 우린 이별에 가까워지고 있었다.

사랑하면 아픈 이유

한 친구가 물었다.
"왜 사랑하면 아플까?"

나는 가끔 걷기보다 뛰는 걸 좋아해.
앞만 보고 열심히 뛰다 보면 당연히 숨이 차더라고?
죽을 듯이 가슴이 미어지고 도중에 멈추고 싶고. 그런데 잠시 멈춰서
왜 뛰었는지 생각해보면 그냥 뛰다 보니 좋았어.
왠지 시간을 거스르는 것 같고, 날아가는 그 느낌이 좋았거든.

사랑도 같은 게 아닐까?
이것저것 따지지 않고 미친 듯이 한 사람의 마음이란 끝없는 도착지로
달리다 보면 그런 내 모습에서 살고 있다는 느낌을 받는 것처럼.

그렇게 미친 듯 누군가에게 달려가 보니 정작 나와는 멀어져 있는 내 모습에
눈물 날 수도 있고, 열심히 달려갔는데 더 이상 달려갈 목적지가 없어져서
눈물 흘릴 수도 있고, 혹은 나만 열심히 뛰었구나 하는 슬픔일지도.

지금

잘해주지 못한 후회들과
볼 수 없단 그리움이 밀려들 때.
우린 이별을 온몸으로 체감한다.

내가 사랑하는 이들을 지금 사랑하자.
내일도 볼 수 있을 거란 방심 속에
이별을 온몸으로 체감할 수 있으니.

배려

나무들이 자라나려면 서로 간격이 필요하듯이

인간관계에서도 어느 정도 거리는 필요하다.

나 혼자 너무 커버리면 내가 만든 그늘에

그 또는 그녀가 자라나지 못할 수도 있으니.

사랑의 교훈

사랑을 통해 사람을 배우고,

만남을 통해 설렘을 느끼고,

이별을 통해 소중함을 깨달았다.

사랑 그리고 우산

우리는 우산을 꼭 쥔
손 마냥
사랑해야한다.

이 손을 놓으면
흠뻑 젖겠구나하는 절박함으로

어머니의 사랑

어머니는 따뜻함이고, 어머니는 음식이고,
어머니는 만족과 안전의 유쾌한 상태다.
이 상태는 용어를 사용하면 자아도취 상태이다.
…중략. 아이는 커가면서 불은 뜨겁고, 고통스러우며,
어머니의 몸은 따뜻하고 유쾌하며 나무는 단단하고 무거우며,
종이는 가볍고 찢을 수 있다는 것을 알게 된다.
이렇게 사물들이 서로 다르다는 것을 알게 되고, 다룰 줄 알게 된다.
또한 사람을 어떻게 다루어야 하는지도 알게 된다.
내가 음식을 먹으면 엄마가 웃고, 내가 울면 어머니는 안아주고,
내가 배변을 하면 어머니는 칭찬해준다. 이런 경험들이 결정되고 통합되어
'나는 사랑 받고 있다.'라는 경험이 된다.
아기인 나는 사랑받기 위해 해야 할 일이 없다.
그저 어머니의 사랑은 무조건적이다.
내가 할 수 있는 것은 오직 '현재의 상태',
곧 어머니의 자식으로 존재하는 것뿐이다.
그러다가 8~10살이 되면 아동들의 심상에는 새로운 요인이 생긴다.
시나 글이나 노래를 만들어 부모님에게 만들어 주려고 한다.
처음으로 받는 사랑에서 주는 사랑으로 변하게 되는 것이다.

그때부터 다른 사람들의 욕구도 자기 자신의 욕구만큼 중요해진다.

아니 더 중요해진다.

사랑하는 것이 사랑받는 것보다 훨씬 중요해진다.

사랑스러운 상태 혹은 '착한 아이'가 됨으로써

부모로부터 받아들여지고 의존적이 되는 것,

이것이 아이를 병들게 한다.

대신 스스로 사랑함으로써 사랑을 만들어내는 잠재력이 깨어야 한다.

어린아이의 사랑은

'나는 사랑을 받기 때문에 사랑한다'는 원칙에 따르고,

성숙한 사랑은

'나는 사랑하기 때문에 사랑받는다'는 원칙을 따르는 것이다.

– 에리히 프롬 〈사랑의 기술 中〉

당신의 사랑은 어린아이의 사랑입니까? 아니면 성숙한 사랑인가요?

내 편의 의미

모든 사람이 나보고 '초록'이래도
당신에겐 내 '이름'을 듣고 싶다.

모든 사람이 나에게 손을 가리켜도
당신만큼은 내게 손을 내밀어 주길 바란다.

모든 사람이 나를 스쳐 지나가도
당신만큼은 항상 내 옆에 있어주면 좋겠다.

그렇게 당신이 듬직한 '내 편'이면 좋겠다.

흔들림

바람에 스친 별이 흔들린 것도
바다에 파도가 꿀렁이는 것도
피어난 꽃가지가 흩날리는 것도
혼자 흔들릴 순 없을 터

그녀의 차가워진 인사말도
잃어버린 눈웃음도
침묵으로 닫힌 입술도
그녀 때문만은 아닌 듯하다

사랑의 불공정성

대게 우린 원하는 것을 얻기 위해
내가 가진 무엇을 상대방의 원하는 것과 바꾼다.
예를 들어, 난 사과가 먹고 싶고 상대방은 배를 원하면
시장에서 원하는 것을 바꾸면 된다.
이것을 경제학적 관점에서 보면 '교환'이라고 한다.

그리고 이런 교환을 내게 유리하게 성공하기 위해 '협상'이란 걸 하게 된다.
"나의 이 사과는 유기농에 천연비료를 썼고,
당도가 15나 나오는 최고급품입니다"란 식의 장점을 나열해서
더욱 유리한 교환을 창출하는 것이다.

헌데 이 사랑이란 건 교환과 협상이 안 된다.
누군 그럴 것이다. 돈이 많으면 여성을 가질 수 있지 않느냐?
얼굴이 예쁘면 남성을 쉽게 얻을 수 있지 않느냐?
사실 이런 반론은 무의미할 수 있다.
사람은 쉽게 얻을 수 있지만 '사랑'을 얻은 것이라 장담할 수 없기 때문이다.

내가 가진 100을 다 주어도 상대방이 맘을 안 줄 수도 있는
불공정한 거래가 통하는 것이 바로 사랑이다.
반면 10을 주었는데 상대방이 90을 주기도 하는 것이 사랑이다.

이런 교환의 근거는 없다.
그 주체가 퍼주고 싶은 마음, 거부하는 마음 딱 그것이 전부이다.

혹시라도 당신의 옆에 사랑하는 사람이 있다면
당신은 세상에서 가장 얻기 어려운 것을 얻은 것으로 생각하면 된다.

사랑은 누구나 얻을 자격을 갖기는 하지만
누구나 쉽게 얻을 수 있는 건 아니기 때문이다.

인사말

"잘 지내."란 말보다 잔인한 인사말이 있을까.
차라리 헤어질 때 "고맙다."가 어떨까.

너로 인해 사랑을 알고 배웠으며,
너로 인해 행복했던 고마움.

사랑의 끝은 이별이 아니라 새로운 사랑이므로
우린 한때의 사랑에 "고마워"라 해야 하지 않을까.

02

어느 30대 이야기

건강검진

한 부서의 평균 혈압이 150을 넘었다.
간호사가 놀라서 무슨 일 있느냐는 말에 조용히 대답했다.
"방금 막 회의를 하고 왔습니다."
그러자 간호사는 조용히 내 손을 꼬옥 잡아주었다.

나이 먹기 게임

아마도 이 게임을 기억하고 있는 사람들이 있을 것 같다.
두 팀으로 나뉘어 처음은 5살부터 시작한다.
상대편과 1 : 1 대결에서 나이가 같은 경우는
가위바위보로 승자가 5살을 더 먹는 것이다.
이 게임에서 가장 중요한 건 같은 팀이 손을 잡으면
서로의 나이가 플러스 된다는 것이다.

예를 들어 10살인 나와 20살인 너와 합치면 30살이 되어
30살 혼자인 상대방과 가위, 바위, 보를 할 수 있다는 것.

회사로 들어가 보자.
경력 10년 차와 20년 차 그리고 1년 차가 함께 있는 미팅에서
합이 31년이 되어서 경쟁자를 이기기 위해 손을 잡은 팀과
단독으로 20년 차 혼자 진행하는 회의.
과연 내용과 결과가 같을까?

이것이 내가 생각하는 회의의 이유이다.

야근

사람은 에너지를 가지고 있다.
오늘 110을 쓰면 분명 10이 오버된 것이다.
그것이 축적되면 가장 먼저 몸에서 이상이 온다.

헌데 내가 아프고, 힘들어도
나 대신 위로해주는 이 아무도 없다.
오직 난 누군가에게 대체될 뿐이다.

오래 일하고 싶다면, 오래 일하지 마라.

08
sweetness of
KAAMOS SCENTED SOY

회사에 다녀보니

밥은 만나서 상사를 욕할 수 있는 사람과
커피는 만나서 회사를 욕할 수 있는 사람과
술은 만나서 회사와 상사 욕할 수 있는 사람과
마시고 먹어야 한다는 걸 알게 되었다.

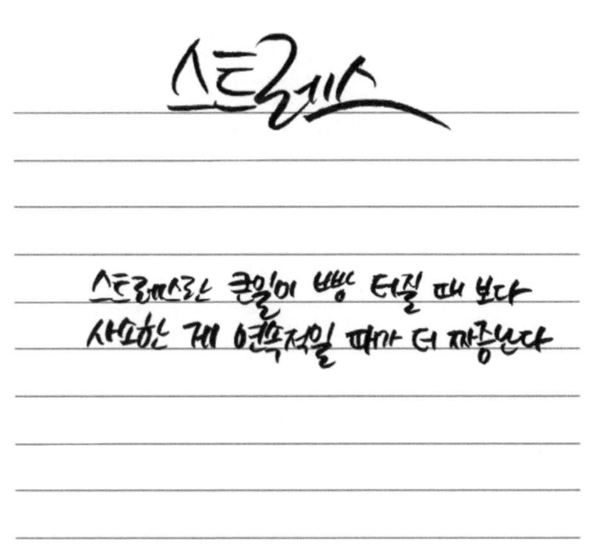
스트레스
스트레스란 큰일이 빵 터질 때 보다
사소한 게 연속적일 때가 더 짜증난다

지각 예방법

좋아하는 사람을 만나기 2시간 전만큼만 준비한다면 '지각'은 없을 것이다.

회사에 지각하는 이유는 좋아하는 사람이 한 명도 없기 때문인가 보다.

회사의 조직도

회사의 결정은 똑똑한 사람만이 가진다.

사장보다 똑똑한 임원은 없다.
임원보다 똑똑한 팀장은 없다.
팀장보다 똑똑한 팀원은 없다.

결국 이 회사는 한 명만 똑똑하다.

그렇더라

어떤 회사에서 일했느냐가 아니라
어떤 선배를 만났는지가 중요하더라

얼마나 오래 일했느냐가 아니라
지금도 초심을 지니고 있느냐가 중요하더라.

차이

사원들의 생각이 잘못된 것이 아니라
선배들이 사원 시절을 잊어버렸기 때문이다.

사원들의 말이 싹수없다가 아니라
선배들이 무조건 YES맨 이었기에 후배들이 지금도 힘든 것이다.

사원들의 행동이 개념 없다가 아니라
선배들이 아직도 팀원이 아닌 가장 낮은 직급으로 보기 때문이다.

물론 진짜 잘못되고, 싹수없고, 개념 없는 사원도 있긴 하다.
그래도 수동적으로 말만 잘 듣는 YES맨 보다
소신 있는 NO가 팀에 더 가치 있다고 본다.

NO를 할 줄 알아야 진짜 YES의 의미를 안다.

팀 1

검은색으로 물든 곳에 흰색이 가면
미운 오리 새끼가 되고

빨, 주, 노, 초, 파, 남색들이 모인 곳에 보라색이 가면
무지개가 된다.

팀 2

난 가끔 느낀다.
고개 숙이고, 꾸중 듣고, 한마디 못하는 하루하루가 될수록 난 무능한 거라고.

난 가끔 꿈꿔본다.
왜 해야 하는지 이해하고,
무엇을 해야 할지 생각하고,
솔직한 내 생각을 말하다 보니,
내가 성장해 있더라고.

난 이제 알았다.
좋은 팀은 내가 꼭 필요하고
나쁜 팀은 그냥 한 명이 필요했다.

여담

사내 교제는 매우 매력적인 요소가 많다.

1. 공감대 형성
2. 여사원들 사이 호감도 증가
3. 특급 업무협조
4. 비밀 사이
5. 즐거운 회사생활

이 수많은 매력을 가졌음에도 난 반대합니다.
그 이유는 위 장점의 반대만 생각해 봅시다.
특히 5번의 반대는 최악이겠죠?
더군다나 나보다 상사라면?
게다가 같은 팀이라면?
혹 사장의 딸이라면.

20대에 꼭 해야 할
두가지

갈수 있을 만큼 가보는 여행
할수 있을 만큼 뜨거운 사랑

30대에 알게 되었다.
왜 꼭 그 시절에 해봐야하는지

영업 사원

나는 영업 사원이다.
나는 물건을 팔지만 나도 함께 판매한다.

이해가 안 된다면 나관중의 이 글이 도움될듯하다.

'사고파는 것은 거래가 끝나면 관계도 끝이다.
주고받는 것은 거래가 끝나도 무언가 남는 것이 있다.'

여기서 무언가는 나란 브랜드다.
분명 처음에는 그 제품이 필요해서 나를 만났지만
나중에는 나로 인해 제품을 구입하게 만드는 그 힘.

그게 바로 내 영업능력이고 브랜드다.
그런 영업맨이 회사를 키우고 살아남게 한다고 믿는다.

중요한 건 사람과의 '관계'도 마찬가지가 아닐까.

준비

레이싱 카들이 시합을 시작하기 전 타이어 워머를 한다.

출발하기 전 타이어의 최상의 컨디션을 위해
90도까지 온도를 높이는 것이다.

1초를 싸우는 레이싱처럼
단 한 번의 승리를 위해 잠시 우리 몸도 따뜻하게 데워 놓자.

땅! 하는 소리에 전력질주 할 수 있도록

소통을 소몰이처럼 생각하는 리더들에게

수영하려면 물에 들어갈 용기와
그 물에 내 몸을 맡길 개방이 필요한 것이다.
어찌 물에 가라앉을 각오도 없이 수영하려 하는가.

당신이 소통을 강요할 때마다
난 두통이 몰려오고
소몰이하듯 채찍질할 때마다
직원들은 인간이 아닌 소밖에 안 된다.

수영도 안 바라니 물가에 발이라도 담아보길.

소통의 법칙

내가 상대에게 헌신적이고 늘 잘해줘야
소통이 되는게 아니라.

내가 이기적이라는 것만 알아도 소통의 가능성이 있다.

어른에게 필요한 건

어른들에게 필요한 건 만보기가 아니라
'웃음보기'다.

오늘 당신은 몇 번이나 웃어보았나.

지나가는 꽃의 숨결에도 까르르 웃던 그때를 생각하면
지금 어른들 얼굴에 웃음이란 흔적을 찾기 힘들다.

웃음보기로 만 번 웃는다면
누구보다 건강한 삶일 텐데.

회사의 가치

회사는 효율성을 최우선으로 한다.
시간, 인력, 모든 자원까지.

결정은 그렇기에 빠르고 일방적이게 된다.
대게 책임을 질 수 있는 사람들이 그 결정권을 가진다.

그들의 생각이 팀의 생각이고, 결국 회사에 반영되어 회사의 생각이 된다.

그럼 그 회사는 과연 300명의 회사일까?
1명 또는 10명의 회사일까?

여기서 답이 나온다.
300명의 직원이 책임을 다해 최선을 다하는 모습을 보고 싶다면
300명의 주인이 있는 회사이어야 한다.

결국 그 회사의 가치는 종업원 수가 아니다.
몇 명의 사장들이 존재하느냐이다.

배려

어느 회사는 면접 대기 시 엄청난 다과와 청량음료를 제공한다.
허기와 갈증을 이곳에서 채우란 배려다.
그리고 다들 화장실을 바쁘게 다닌다.

어느 회사는 대기 장소에 클래식을 틀어주고,
라벤더 티를 미지근하게 한 잔을 준다.
긴장감은 음악과 라벤더 향에 흩어진다.

배려는 내가 주고 싶은 걸 주는 것이 아닌
남을 한 번 더 생각해보는 노력은 아닐까.

면접 1

면접관 1 : 자기소개해 주세요.

면접관 2 : 지원 동기 말해주세요.

면접관 3 : …….

(찌푸린 얼굴로 내 얼굴만 응시한다)

오직 면접관 1, 2와 면접을 하다가 10분 만에

면접관 3이 질문을 했다.

면접관 3 : 여자 친구 있나요?

나 : 네? 네. 있습니다

면접관 3 : 여자 친구도 그 말로 꼬신 건가요?

나 : …….

면접관 3 : 대답이 왜 없으시죠? 압박면접 모르시나 보네요?
여태 말 잘하셨잖아요. 하하하

면접관 1 : 기분이 나쁘셔도 질문에 대답은 해주셔야 하세요.
여긴 면접장이니깐요.

나 : 아 잠시 어떻게 만났나 생각에 잠겨있느라 대답이 늦었습니다.
죄송합니다. 여기 면접장 맞죠?
물론 저도 앞에 계신 면접관님들을 면접하고 있었거든요.
여긴 면접장이니깐요.

면접 2

면접관 1 : 우리 회사에 대해 얼마나 많이 알고 있나요?
면접관 2 : 집이 어디시죠? 가족관계는 어떻게 되시죠?

면접관 1은 주로 업무능력과 지식을 물어보았다.
면접관 2는 여성분이시라 인적사항 및 인성을 확인하고 싶어 했다.

면접관 3은 가장 높은 직책이었나 보다.
안경을 끼고 이력서를 꼼꼼히 본 후 물었다.

면접관 3 : 우리 회사에서 일하게 되면 언제 첫 수주가 가능하겠습니까?

나 : 우선 그 대답이 개인적인 의지를 물어보신 것이라면
얼마 정도 가능할 것 같습니다.

면접관 3 : 전 의지가 아니라 확실한 기간을 물어본 것입니다.
대충이 아닌 정확한 기간을 말해주세요.

나 : 솔직히 그 질문에 대한 제 답변은 의지만 말씀드릴 수 있겠습니다.
마치 저 앞에 있는 이성과 사귀는데 얼마나 걸리겠느냐란 질문과 크게 다르지 않다고 생각합니다. 그 이성이 누구인지, 어떤 걸 좋아하는지 파악도 못 한 상황에서 어떻게 사람의 마음을 얻을 수 있을까요.
제품의 지식과 고객의 특성을 파악하지 못한 상황에서 전 의지만 말씀드릴 수밖에 없습니다. 혹 제가 한 달이라는 거짓말을 할 수도 있지만 그러고 싶지는 않았습니다.
원하는 대답을 바로 못 드려 죄송합니다.

면접관 2번 여성분만 웃었으나, 면접관 3은 한 시간 동안 끙만 거렸다.

면접관들에게

1. 직급을 떼고 면접장에 들어와라.
   - 지원자이지 부하 직원이 아니다.
     누구 말마따나 여길 나가면 고객이 된다.

2. 질문지 인터넷에서 뽑고 들어오지 마라.
   - 지원자는 그 15분을 위해 수많은 시간과 노력을 준비한다.

3. 압박면접은 하지 마라.
   - 사실 면접을 빙자한 언어폭력일 뿐이다. 상처 주지 마라.
     구직자는 이미 충분히 받고 있다.

4. 최소한 결과 통보는 줘라.
   - 심지어 남녀 사이가 헤어져도 잘 지내란 답장은 준다.

5. 지원자들에게 굳이 물어보지 않아도 될 질문을 하지 마라.
   - 키가 몇이죠? 여자 친구는요? 결혼했나요? 언제 하실 건가요?
     출산계획은요? 이런 저급 질문 좀 하지 마라.
     당당히 "우리 회사는 출산 휴가 및 후에도 복직할 수 있습니다."라고
     말이나 못 할 바에는 말이다.

사장

그런 사람 있다.

직급이 사장이지만
모든 사람들에게 사장인 듯 한 사람들

하루

하루가 즐겁지 않더라도
하루를 그냥 보냈더라도
하루를 견디지는 말아야한다.

오늘을 견디면...,
내일도 견디게 되더라...!

친구가 물었다.
그럼 견뎌야 하는 하루는 어떻게 그냥 보낼 수 있을까?

나는 말했다.
"견딘다."라는 건 내가 원치 않는 일을 하거나 당할 때 주로 겪게 되는 것 같아. 그래서 그런 날은 꼭 나에게 보상을 해. 하고 싶은 것, 먹고 싶은 것, 만나고 싶은 사람, 그리고 그것을 통해 하루를 보냈다로 변화시켜보는 게 어떨까.

인정

우리는 가끔 예상치도 못한 상황에서 본인의 능력을 인정받기도 한다.

면접을 보러 갔는데 옆에 취미가 무엇인가 물어보자
자신 있게 노래라고 했는데 시켜보는 경우.
진심 잘 불렀으나 그 친구는 1차서 떨어졌다.

그러다 3개월 뒤 TV에서 우연히 그를 보았다. 슈퍼스타 K에서
그때 부른 노래를 부르고 있었다. 그리고 합격 티셔츠를 받았다.

이렇게 우리의 능력이 어느 곳에서 인정받을지 모르기 때문에
다양한 도전이 필요한 것인지도 모른다.

끝과 시작

끝은 시작의 다른 이름이다.
시작은 끝이 절대 아니다.

끝없는 시작은 '포기'이다.

끝이 있어야 했는데
여태 수많은 시작만 해온 게 아니었을까.

단 한 번의 끝장이라도 봤어야 했는데
우린 포기를 덮으려 시작만 한 게 아니었을까.

술에 취한 사람과 대화하는 것은
벽을 보고 이야기하는 것과 같다.

차라리 벽은,
이야길 들어주기라도 한다.

나를 판매합니다

오늘도 나를 판매한다.
"이름을 적고, 신체사항을 적고, 나란 사람을 판매합니다."
가격은 이 정도는 부탁드립니다.
왜냐고요? 전 이렇게 준비했고 능력이 있는 사람입니다.
저를 사가시면 절대 후회 안 하실 것입니다.

오늘 하루에도 수천 명이 '나'를 팔고 있다.
과거에는 노예를 서로 사고팔았다면
지금은 그래도 각자가 알아서 팔고 있다.

오늘도 난 팔리지 않았다.
빈손으로 돌아오니 남는 건 카드 값과 피곤함뿐.

나도 언젠가는 저 매대에 남겨진 바나나같이 될 것이다.
문 닫기 전에 반값에 팔리는 저 떨이 바나나.

13시간 30분

여기 한 직장인이 있다.

7시 30분 출근

9시 00분 퇴근

총 13시간 30분을 회사에서 시간을 보내고 집에 왔다.

사실 그냥 이런 삶이 당연하다고 생각하면 끝이다.

그 와중에서 주말을 기다리고 누군가를 만나 술로 푸념하고

즐거웠노라고 자축하면 된다.

헌데 생각해보자.

사람은 생각하는 동물이다.

배가 고프다고 밥을 먹고 졸린다고 자기만 하는 단순한 동물이 아니다.

한 달의 월급을 위해 한 달 720시간 중 500시간을 우리는 버려야 한다.

(기회비용적인 측면에서 "버린다."고 표현한 것이다.

즉 일을 함으로써 그 시간에 다른 것을 할 수 있는 것들을 포기해야 한다.)

대부분 나와 같은 직장인에게는

카드값이 우선되기 때문에 버티고 있는 것이다.

대체 언제 가족과 함께 저녁 식사라도 할 수 있으며,
매번 자는 모습만 보고 커가는 아이들과 추억을 남길 수 있을까.
더욱 안타까운 건 장시간 일하는 사람들이
상대적으로 월급이 더 높지 않다는 것이다.

사랑하는 방법에는 여러 가지가 있지만, 사랑을 줄 수 있는 시간을 늘리는 것도 나와 상대를 위한 노력이라 생각한다.

우린 하고 싶은 것만 하며 살 수 없겠지만
하기 싫은 것을 계속하면서 사는 건 더 못할 짓이라 생각한다.

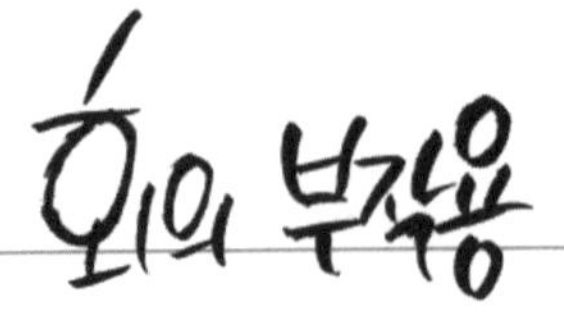

차라리 말을 하지 말자 참다보니
제대로 말하는 법을 까먹었다.

03

우리가 사는 세상

주체적인 삶

삶은 사는 것이지
살아지는 것이 아니다.

산다는 건 내가 '선택'하는 것이고
살아진다는 건 '선택을 할 줄 모르는' 내가 되는 것이다.

사는 것은 '그럼에도 불구하고'이지만
살아지는 것은 '어쩔 수가 없음'이다.

사는 것은 내가 '주인공'이지만
살아지는 것의 난 그들의 '들러리'일 뿐이다.

사는 것은 '짬뽕'이라 말하는 것이고
살아지는 것은 '아무거나'라고 말하면서 짬뽕을 아쉬워하는 것이다.

필요

사랑이 아닌 여자 친구가 필요했는지
사람이 아닌 사원 한 명이 필요했는지
오늘이 아닌 내일이 필요했는지
친구가 아닌 인맥이 필요했는지
직업이 아닌 월급이 필요했는지
꿈이 아닌 욕심이 필요했는지

생각해보는 하루이다.

좋더라

재미있는 사람보다, 위트 있는 사람이
사교적인 넓은 관계 보다, 소중한 사람을 챙길 줄 아는
차 문을 열어주는 것보다, 정지선을 지키는 매너가
의자를 빼주는 것보다, 직원에게 정중한 친절을
70평 아파트보다, 경비원 아저씨에게 먼저 인사를
연예인 결혼보다, 사회 부조리에 관심을 가진
돈을 잘 버는 사람보다, 돈을 잘 사용할 줄 아는
내 앞의 모든 친절이, 당신의 부모님에게도
추운 날 장갑을 건네주기보다, 손을 잡아주는
내 이야기만 듣기보다, 함께 이야기할 수 있는
선배에게 고개 숙이기보다, 후배에게 손 내밀어 주는
야한 농담보다, 야한 몸매가 되길 노력하는

그런 사람이 좋더라. (남자든 여자든)

내가 누구인지 알고 싶다면
가장 보람 된 것을 했을 때와

가장 나쁜 짓을 했을 때를
생각해보면 알게 되더라

벽

보이지 않는 거리보다 무서운 건 '벽'이다.
나와 당신과의 거리가 좁혀지지 않는 것보다
나와 당신 간의 벽이 존재한다는 것은
앞으로도 보이지 않는 벽을 두고 대해야 한다.

나를 지킨다는 이유만으로
우린 너무 많은 벽을 치고 있는 건 아닐까.

라면 두 개와 체취

난 콤플렉스 아닌 콤플렉스가 있다.
노약자들을 보면 마음 한 켠이 애잔하다.
어려서부터 하도 밖에서 뛰어노는 걸 좋아했던 나는
할머니와 할아버지를 특히 잘 따랐다.
집도 근처라서 배가 고프면 집으로 가지 않고
할머니 댁으로 가서 라면을 먹고 싶다고 했다.
주무시다가도 손주를 위해 끊여주셨는데 라면 한 개로도 배가 고팠던 나는
한 개를 더 먹고서야 다시 밖으로 뛰놀러 나갔다.

그런 나를 보며 항상 예쁘다고 안아주시고, 웃어주시던
할머니 할아버지가 생각이 난다.
그 특유의 할아버지 냄새도 고등학교 때 영면하신 그 날
얼마나 소중했는지 실감했다.

내가 가진 그 따스함 속 애처로움은
아마도 그분들이 죽음에 조금 더 가까워짐을 알기에
조금은 우리가 배려해야 하는 이유가 아닐까 한다.

난 아직도 할아버지의 그 체취와 할머니가 끓여주신 라면이 그립다.

존재의 부재

존재함이 부재 되는 순간의 느낌을
어느 누구도 미리 알 수 없다.

매주 장을 함께 보고 점심을 같이 먹는
엄마라는 존재의 부재를 언젠가
직접 느끼게 되기 전까진 말이다.

어느 날 함께 “장 보러 가자.”고 하던
어머니의 말 한마디가 그리울 때가
분명 있을 거다.

그전까진 미리 부재의 걱정보다
아직 존재함의 고마움에 감사하자.

자본주의 사회

금융을 모르면 당장 손해는 없더라도
부자를 이해할 수 없더라.

경제를 모르면 내가 불편하지 않아도
세상 돌아가는 걸 이해할 수 없더라.

경영을 몰라도 사는 데 지장 없지만
왜 착취당하는지 이해할 수 없더라.

해야지

가봐야지.

해봐야지.

만나야지.

그래야지.

'해야지.' 했던 후회의 흔적들

그것들이 이생을 얼마나 치열하게 살았나를 평가하는 게 아닐까.

헌데 수많던 '해야지.' 보다 단 한 번의 '했으니'가 항상 후회가 덜 남았더라.

만나러 갑니다.

누군가가 보고 싶다는 마음은 '현재'를 뜻한다
누군가가 그립다는 생각은 '과거'를 뜻한다

결국 지금 보지 못하는 사람은
평생 그리운 사람이 된다.

보고 싶다면 지금 만나러 가야 한다.

가장 싫어하는 사람

언론, 정치인, 기업가들이 가장 싫어하는 사람은 누구일까?

바로 '부조리를 비판할 줄 아는 이성적인 사람들(대중)'이다.
우리는 과연 그들이 가장 좋아하는 국민일까?
아니면 가장 두려워하는 국민일까.

후회

나는 한 번도 미래에 대한 '후회'를 들어본 적이 없다.
'후회'란 단어는 오직 과거만을 뜻한다.
"만약에", "한 번만 더"란 단어와 친하다.

후회한다 해서 꼭 나쁜 건 아니다.
"반성"이란 단어로 연결되기 때문이다.

"후회가 없다."는 건 선택을 잘해서 만족한다 와
선택 후에 배운 것들이 있을 때 사용한다.

후회는 오직 산 사람만의 특권이다.
죽은 이는 말이 없다.
"후회"라도 하고 싶어 할 수도 있겠다.

안부

어느 날 문득 누군가에게 전화 걸고 싶을 때
그리 많이 아는 사람 중에
단 한 명에게도 쉽게 걸지 못하는 것은
혹시라도 그들이 바쁘지 않겠냐 부담과
통화 속 평범한 안부들의 어색함이 싫어
묵묵히 가던 길을 걸어간다.

그리고 조용히 나에게 안부를 전한다.
'넌 잘 지내니?'

태생부터

태생부터 사장인 사람이
어찌 직원의 고충을 이해할까.

태생부터 아르바이트 한번 안 해본 분들이
어찌 노동자의 생활을 알 수 있을까.

태생부터 상류층들하고만 생활하신 분들이
어찌 서민들 생활을 공감할 수 있을까.

이것부터 대한민국이 잘못된 건 아닐까.

사회의 단상

교통사고 후 도통 잠을 깊게 못 잔다.
거대한 트레일러의 앞부분이 잔상이 남아 내 기억 일부에 깊게 박힌 모양이다.

토요일 퇴원을 하고 혹시나 해서 동네 신경정신과에 들렀다.
입구부터 좁은 대기실에 10명이 넘는 대기자들이 앉아있었다.

“저기 진료를 받고 싶어서요.”
“처음이세요?”
“네.”
“그럼 죄송한데 오늘은 진료가 안 될 것 같아요.
예약자랑 대기자분들만 20명이 넘어서요.”
“그럼 다음에 진료받으려면 언제 가능할까요?”
“흠…. 보름 후에나 되실 것 같아요.”

진료를 못 받은 찝찝함보다도
정신적으로 힘들어하는 분들이 많다는 씁쓸함이 내 입안을 메마르게 했다.

단순한 개인의 약함과 상처로 치부하기에는
이 사회는 거칠고, 외롭고, 힘든 건 사실인 듯싶다.

관계

인연은 만남이고, 관계는 노력이다.

내가 싫은 건, 남도 싫은 거다.
내가 좋은 건, 남이 좋아할 수도 있다.

이 두 가지만 알아도 관계개선에 희망이 보인다.

왜 살아야 할까?

행복하기 위해? 이건 사실 삶의 목적이라기보다는 '목표' 같고,
꿈을 이루기 위해? 이건 내가 삶을 살아가는 '방향' 같다.

태어났으니깐.
이게 제일 맘에 든다.
사실 태어난 건 우리의 선택이 아니다.
어찌 보면 유일한 선택 불가능 두 가지 중 하나일 것이다. 태어난 것과 가족.

셰익스피어는 "어쩔 수 없이 사람은 태어나면 죽는다.
그렇기에 죽기 전까지 삶을 탐닉하는 게 낫다." 라고 했다.

'왜 살아야 하는가'에 대한 대답은 태어났으니까로 한다면,
그럼 과연 '어떻게 살아야 하는가'에 대한 고민을 해봤다.

법정 스님의 일기일회(一期一會).
단 한 번의 만남과 기회란 뜻이다.
다시는 이 삶을 살지 못하는 안타까움으로 사는 게 낫지 않을까.

태어났기에 살아야 하고, 기왕 살기로 했다면
단 한 번이란 맘으로 살아보는 게 낫지 않을까.

돌고 도는 우산

우산이 없대서 빌려줬더니
그 우산을 다른 사람에게 빌려준다.
헌데 돈을 받고 빌려주는 것이다.

속이 상해서 비를 맞으면서 걸어가고 있는데
돈을 주고 빌린 사람이 나에게 와서 말한다.
"1,000원에 이 우산 빌려드릴까요?"

이것이 우리와 고리대금의 관계이다.
정작 우린 공짜에 가까운 돈으로 맡기지만
비싼 이자로 다시 빌리고 있다.

특히 맑은 날 우산을 빌려준다 하고
정작 비 오는 날 우산은 빌리기도 힘들더라.

대하는 법

삶을 대하는데 진지하되,
타인에게는 편안해야하며,
사무치게 보고 싶은 달려가고,
사진은 많이 남기자

마지막으로 사랑은 뜨겁게
Just LOVE 하자

링거 그리고 타인

처음 주삿바늘은 매섭고 두렵다.
그렇게 수십 번 찔리다 보면
더 이상의 두려움은 없어진다.

단지 그 바늘이 내 살을 뚫고
무언가가 들어간다는 그 느낌
그것이 다시 두려운 거다.

내 것이 아닌 그 무언가가 내 피와 뒤섞인다는 것
그것은 마치 타자와의 만남과 같을 것이다.

새로움은 두렵고
수많은 새로움이 두려움을 극복시키고
타인이 내 인생에 들어올 때 다시 두렵고
그러다 보면 나도 당신도 아닌 내가 변화되는 과정.

줄어드는 수액이 내 몸에 양분을 채우듯
몰려드는 타인들이 내 의식을 깨우길 바란다.

병원일기

누운 천장은 하얗다.
침대는 흰 천에 덮였다.
백의천사 간호사가 왔다.
흰 투명 링거를 꽂아준다.
따뜻한 흰 죽을 먹고
흰 알약 두 개를 삼킨다.

병원이 하얀 이유는
더러운 맘까지 정화하기 때문인가 보다.

수많은 정치인이 생각나는 밤이다.

소외

우리는 오늘도 세상과 싸우는 것이 아니라
소외라는 단어와 싸우고 있는 건 아닐까

여유

자장면 3,000원짜리를 먹으러 갔다.
내 주머니에 3,000원을 들고 갈 때의 기분과
10,000원을 들고 갈 때의 기분이 같을까?

택시를 탔다.
분명 기본요금 거리인데 차가 조금 막힌다.
2,800원을 손에 쥐고 탔을 때랑
10,000원을 가지고 탔을 때랑 같을까?

나는 분명 자장면을 먹었지만 3,000원이 맞는지
주머니 속에서 몰래 세고 있어야 했고,
택시를 탔지만 요금계 달리는 말이 빨라지는 걸 보느라 밖의 풍경을 놓쳤다.

바로 이런 경제적 상황이 심적인 여유까지 통제하다 보니
각박하고 힘들게 되는 것이 아닐까.
같은 걸 먹고, 같은 차로 이동했지만 분명 달랐다.

가치

벤츠를 타도 신호를 지켜야 한다.

강남에 살아도 경비 아저씨를 존중해야 한다.

에르메스를 메고 있어도 구세군 냄비를 지나치지 말아야 한다.

무엇을 타고, 메는 게 중요한 게 아니라.

어떻게 살고 있는지가 당신의 가치를 결정하는 게 아닐까.

내편

내편이 있다는 건
열심히 인생을 살 만한 이유가 된다.

반대로 내편이 없다는 건
인생을 되돌아 볼 필요가 있다는 것이 된다.

한 사람

한 사람이 있다.
모든 것을 경제학적으로 풀이하는 사람.
기회비용은 한 이성을 만나는 동안 포기해야 하는 다른 이성으로.
매몰 비용은 이별 후에 아무 일 없듯이 털어버리는 것으로.

한 사람이 있다.
모든 것을 책의 이론대로 풀이하는 사람.
아파야 청춘이래서 아픔을 당연히 여기고,
옷자락만 스쳐도 인연이래서 모든 사람에게 충실한 그 사람.

참 어렵다. 서로의 삶 그리고 사람.

우리나라 영어

"우리나라의 영어 기대수준은 매우 높다."
매우 공감한다.

용산역 길을 헤매는 외국인이 무서운 것이 아니라
내 발음 평가하는 한국인들이 더 무서웠다.

자기 관리

그 누구도 당신을 위해 운동해줄 수 없다.
그 누구도 당신을 위해 공부해줄 수 없다.
오직 당신만이 그것을 해줄 수 있다.

예쁘진 않아도 아름다워질 순 있다.
똑똑하진 않아도 지적일 순 있다.
오직 당신만이 그렇게 만들 수 있다.

존재감

나 하나 죽어도 슬퍼할 사람 별로 없다.
장례식 때 보면 알 수 있듯이.

사실 내가 누군가를 위해 위로해줄 사람들은 많다.

가끔 나의 존재감이 안 느껴질 때가 있다.
그럴 땐 어려운 사람에게 손 내밀어 보자.
나의 존재감은 그때 비로소 빛나더라.

연탄

20년 전 연탄은 '뜨거운 사랑'을 뜻했다면
20년 후 연탄은 '자살 수단'으로 바뀌었다.

너는 누구에게 한 번이라도 '뜨거운 사람'이었느냐에서
너는 누구에게 반드시 '살아야 하는 사람'이 되었다.

옛날보다 못한 것

타는 차들은 고가인데
운전 매너는 초보보다 못하고

사는 집은 커졌는데
이웃 간 배려는 이사 갈 때 두고 왔고

SNS 하는 사람들은 많아졌는데
남의 글을 이해하는 노력들은 어디 갔나.

마지막이라는 말이 가진 안타까움이란
우리가 닥친 그 순간이 마지막임을
전혀 알 수 없기 때문이다.

그래서 '후회'란 나머지 숙제가 항상 남는다.

마지막...

수고했어

그냥 그런 거 있잖아요.

어른들은 힘들면 힘들다 안 해요.
슬퍼도 슬프다 안 해요.

그러다 잊어버려요.
어떤 게 좋았던 건지, 슬펐던 것인지.

매일 비가 내리면 비의 소중함을 몰라요.
가끔 해가 뜨고 무지개가 보이면 "와, 예쁘다." 해줘요.

오늘 당신께 말해 봐요. "정말 수고했어."라고.

도전

안 된다는 걸 알면서도 도전하는 이유는
포기하면 절대 불가능하지만
도전하면 가능성은 존재하다는 것이다.

도전은 사실 대단한 게 아니다.
겁먹지 않고 미리 포기하지 않는 게 도전이었다.

지키는 힘

누군가에게 도움을 주려거든
내가 힘이 있어야 했다.

누군가의 리어카를 밀기 위해
나는 '근력'이 필요했고

가족 중 아픈 사람을 살리기 위해
'병원비'가 있어야 했다.

그 오래전 창 하나로
야생동물에 맞서던 한 사내 마냥.
필사적으로 우린 사랑하는 사람들을 지켜야 한다.

그러기 위해선 우선 나부터 지킬 수 있어야 한다.

식사하세요

80000번
우리가 평생 먹는 식사횟수
저 숫자 안에 얼마나 많은 사연이 담겨있을까

식사는 꼭 하시고 다닙시다!

모르지만

그림은 모르지만, 걸음을 멈추는 그림이 있다.
음악은 모르지만, 계속 듣고 싶은 음악이 있다.
시는 모르지만, 자꾸 따라 읽게 되는 시가 있다.
사람은 모르지만, 오래 함께하고 싶은 사람은 있다.

다들 오늘 수고 많으셨습니다

어느 대학생은 시급 5,580원에 청춘의 일부를 보냈으며,

어느 직장인은 상사에게 고개를 숙이며 욕을 얻어먹었으며,

어느 주부는 100원을 아끼려 발품을 팔아 콩나물을 샀으며,

어느 노인분은 35도 뙤약볕에 폐지 5,000원을 벌고자 돌아다녔으며,

어느 의사는 앞의 환자가 메르스에 감염됐지만 죽음도 무릅쓰고 직무를 다했으며,

어느 버스 기사는 휠체어를 타신 장애인을 태우고자 퇴근이 10분 늦었으며.

적다 보니 더 쓰고 싶은 분들이 너무 많습니다.
다들 오늘도 고생 많으셨어요.

응급실

혹여 내가 힘들고 죽고 싶었을 때

우연히 '응급실'을 가게 되었다.

한 5분을 멍하니 지켜보고 있으니 '살고 싶었다.'

데이트 폭력

일곱 살 때 처음 아버지에게 뺨을 맞은 기억이 있고
형제와 다툼이 있던 날은 자신의 허리띠를 풀어 때리기도 했다
초등학교 때 어머니가 아버지에게 맞아 눈가에 멍이 든 것을 보고
그 이후로는 절대로 아버지에게 반항하는 행동을 하지 않았다.

– 어느 30대 딸의 고백 이야기

대게 상처는 우리가 인정받고 싶어 하는 마음에서 오는 배신감이다.
딸로서 혹은 여자 친구로서 혹은 사람으로서 인정받고 싶어 하는 마음.

위 딸은 사실 '아버지'란 강력한 폭력을 부리는 사람 앞에서도
딸로서 맡은 직무를 다했다.
처음에는 '저런 사람이 내 아버지가 맞을까'란 생각에서,
'폭력이 아닌 훈육'이란 합리화를 시작하고, 가능한 기억을 짜대어
'아버지가 잘해준 기억'을 되새긴다.
그렇게 아버지를 용서하고 상처를 합리화시킨다.

2010~2014년까지 5년간 연인관계에서 발생하는 '데이트 폭력'으로
피해 입은 사람만 약 3만 6,000명이 넘는다고 한다.

연간 약 7,000명이 애인으로부터 폭행을 당하고 있다고 한다.
최근 한 페미니스트의 고백으로 더욱 이슈가 되기도 했다.
우리는 반드시 알아야 한다.
데이트 폭력은 절대 단일성이 아니라 상습적이라는 것이다.
대게 폭력을 당한 여성들이 관계를 지속하는 이유를
"다시는 하지 않는다고 약속했어요.", "그래도 저한테는 자상해요."라 했다.
위의 딸처럼 혁대로 때리고선 손을 잡고 치킨을 사주러 간 기억에서
"우리 아버지는 엄하시지만 자상하신 분이세요."라는 것처럼 말이다.

열 가지 중 한 가지 단점만으로 헤어지는 것은 어리석은 짓이다.
허나 그 한 가지를 바라보는 시점이 바로 옆이 아닌
저 멀리서 나를 바라본 모습이라면 절대 후회하지 않을 것이다.

대게 데이트 폭력을 당하는 사람은 이런 관점에서 대응해야 한다.
옆에 있는 철수를 바라보는 것이 아니라,
저 멀리서 바라본 철수와 영희의 모습을 봐야 한다.

사랑의 목적은 상대의 자긍심을 주는 것이지, 폭력을 통한 서열정리가 아니다.

신호등

빨강은 위험을 알리는 '정지'이며,
누군가에겐 출발이 얼마 안 남았단 '준비'이다.

초록은 지나가도 좋다는 '허락'이며,
누군가에겐 멈춤이 얼마 안 남았단 '여분'이다.

주황은 멈추란 '경고'이며,
누군가에겐 빨리 지나가란 '가속'이 된다.

당신의 인생이란 도로 위 신호등은
지금 무슨 색인가? 그리고
액셀러레이터인가? 브레이크인가.

마음의 중요성

심부재언 [心不在焉]
시이불견 [視而不見]

– 마음에 있지 않으면 보아도 보이지 않는다. [대학]

당신의 마음속에 그녀가 없다면, 보아도 보는 것이 아니다.
당신의 마음속에 그 회사가 없다면, 일해도 일하는 것이 아니다.
당신의 마음속에 당신이 없다면, 살아도 사는 것이 아니다.

삶을 대하는 태도

즐겨라.
오늘이 마지막인 것처럼

만나라.
다신 못 만날 것처럼

사랑하라.
내일 그녀가 떠날 것처럼

화분과 꽃

꽃은 화려하다.
화분은 투박하다.

꽃을 보며 사진을 찍지만
화분은 꽃은 담는 용기일 뿐이다.

사람들은 꽃을 볼뿐
밑의 화분은 보지 않는다.

화분은 밑에서
꽃의 수분을 조절하고,
꽃의 배설까지 정화한다.
그리고 벌레로부터 보호한다.

사실 모든 화려함 속에는 조용히 받쳐주는 이들이 있는데 말이다.

시각

우린 여성이라서 좋아하는 것이 아니라
혹은 남자라서 좋아하는 것이 아니라
민수 또는, 세아라서 좋아하는 것이다.

이 사실만 알아도 '성차별'은 없어질 것이다.

우린 흑인이라서 싫고,
백인이라서 좋은 것이 아니라
마이클이고 존슨이라서 좋고 싫은 것이다

이 사실만 알아도 '인종차별'은 없어질 것이다.

본질은 하나다.
우린 인간으로서 그와 그녀를 봐야 한다.
피부색도, 성별도, 국가도 그와 그녀의 액세서리일 뿐.

낙관과 긍정

'낙관'은 앞날을 밝게 전망하는 막연한 관점이다.

'긍정'은 앞으로의 변화에 대응해 자신을 적응시켜나가는 태도이다.

근거 없는 '낙관'은 단순한 바람이지만
어떤 상황에서든 치열하게 이겨내겠다는 것
그것은 '긍정'이다.

당신은 낙관주의자인가? 아님 긍정 주의자인가.

하나

우리는 하나 가르치면 둘을 배운다고 한다
하나 우린 하나 아는데 열을 가르치려 한다.

당신이 소중한 이유는

누군가에게 내밀 수 있는 '손'을 가졌으며,

누군가와 함께 걸을 수 있는 '발'을 가졌으며,

누군가를 안아줄 수 있는 '따뜻한 품'을 가졌으며,

누군가가 오늘을 버티게 하는 이유가 되기 때문이다.

그렇게 누군가는 당신으로 하여금 살 이유를 찾기도 한다.

대화의 이유

우리는 모두 자기만의 세상이 있다.
내가 다른 사람과 대화를 해야 하는 이유는 하나다.

내 세상을 이야기하고, 너 세상을 듣고 싶다.

내 세상만 알고 있기엔 너무 스토리가 아깝고,
너 세상을 들으면 새로운 세상이 펼쳐지니
어찌 서로 대화를 안 할 수 있을까.

관계학 개론

1,000명의 친한 사람보다.
1명의 '친구'가 낫더라.

100명의 이성 친구보다
1명의 '여자 친구'가 낫더라.

10명의 미스코리아 보다
우리 '엄마'가 젤 예쁘더라.

대화

얼마 전, 내 친구 한 명이 이런 질문을 했다.
"이제 너무 늦지 않았을까? 뭔가 다른 식으로 살기에는."

난 이렇게 대답했다.
"몇 십년 그렇게 살았으니까 이제 좀 다른 식으로 살아봐도 되지 않을까?"

2
peony blossom
KAAMOS DIFFUSER 300ML
TYPE
FLORAL

시련

누구나 시련에 처하면 힘들다고 하지만 엄밀히 따지자면
시련 자체가 힘든 게 아니라 시련에 처한 나를 인정하기 힘든 것이다.
분명한 것은 자신을 직시하지 못하고 자꾸 외면할수록
시련은 더 커진다는 사실이다.

건강검진을 무시하다 결국 암을 키우는 것처럼.

외모 지상주의

외모가 수려하면 많은 이성에게 '관심'을 받겠지만
그렇다고 사랑까지 받는 건 아니더라.

외모가 자신 없는 사람도 결국 한 명에게만 사랑을 받으면 되기에
절대 기죽을 일도 아니다.

관심과 사랑을 헷갈리느니,
차라니 단 한 명의 진정성이 수많은 관심보다 낫더라.

언젠가

살면서 누군가를 대표하는 단어들이 있다.
혹 내 친구 중 한 명은 '언젠가'란 친구가 있고,
또 다른 친구는 '지금 밖에'란 친구가 있다.

그 둘의 차이는 외적으로 별로 없다.
같은 고등학교, 대학교를 나와 군대도 같이 갔었다.
다만 다른 점이 있다면 '사람들과 경험이다.'

'언젠가'란 친구의 주변엔 아는 사람은 많아 보였으나 정작 만남이 적었다.
언제 한번 식사 하자가 몇 년째 인사치레 되풀이되었다.

그는 여행을 다녀본 적도 별로 없는듯하다.
바쁘니깐 나중에 언젠가 가야지하며 결국 비행기 한번 못 타본 듯하다.
국내 및 외국은 TV로만 듣고 알고 있었다.
매사 그렇게 일상이 단조로워 보였다.

'지금 밖에'란 친구는 매우 활동적이다.
사람들의 만남은 약속을 통해 꼭 이루어졌다.
지금 이 시간이 소중하기에 소중한 사람을 만나는 게 당연해 보였다.

그는 여행을 즐긴다.
새로움과 낯섦을 극복하고 보고, 듣고, 생각한다.
그래서 항상 아이디어가 넘치는 듯 보인다.

문득 티모시 페리스의 말이 생각이 난다.
"'언젠가'는 당신의 꿈을 무덤까지 데려가는 병과 같다"

당신은 오늘도 수많은 선택에 직면한다.

'언젠가'와 '지금 밖에' 두 친구 중
당신이 어떤 친구와 친해질지의 선택은 자유다.
허나 미래 모습은 단연코 다를 것이라 확신한다.

매번 "언제 밥 한번 먹어야지, 운동해야지." 하는 친구들의 말을 들으니
몇 자 적어본다.

2월 14일

과거를 모르고 사는 '나는'
내가 누구인지 모르고 사는 것이며,

역사를 기억하지 않는 '국가'는
무엇을 지켜야 하는지 모르며 존재한다.

– 밸런타인데이가 아닌 '안창호 의사의 사형 선고일'에.

행복과 미래

행복은 기대하지 못한 불확실성이 충만할 때 온다.

1년 뒤 로또가 당첨될 줄 미리 알았을 때.
5년 뒤 당신의 그녀임을 알고 고백했을 때.

과연 당신이 첫눈에 반해 수많은 리허설과 긴장감을 가지고
고백해서 얻은 그때의 사랑처럼.
미친 듯 반가워 손뼉을 치고 가슴 떨릴 수 있을까?

오히려 진정한 행복을 위해선
우리의 미래를 모르는 것이 축복일 수 있지 않을까.

마치 '죽음'이 있기에 '오늘'이 소중해지듯이.

생각의 변화

어느 책에서 읽었다.

인간에게 비극이란 늙음이 맨 마지막에 온다는 것이 아닐까?
번데기였다가 드디어 천상으로 날아오르는 나비처럼
인간의 절정도 생의 맨 마지막에 와야 했다.
우리의 푸르른 청춘을 너무 일찍 겪어버렸다.
그 나비였던 때가 그립구나.

– 20살 후반 때의 공감된 생각

청춘의 그때를 평생 추억으로 가질 수 있다는 것만으로도
우린 살아갈 이유가 있다.

그 추억에는 사람이 있고, 장소가 있고, 그리움이 있다.
내게 남은 시간 동안 사람을 만나고, 새로운 곳을 가고, 새로운 꿈을 가진다면.
난 평생 청춘이다.

– 30대 현재의 생각

길

긍정과 부정 사이엔 고민과 갈등이란 길을 거쳐야 하고,

그 길을 피하고 싶으면 '포기'란 샛길로 가면 된다.

그러나 '포기'란 샛길은 발자국이 많은 걸 보니 내 길은 아닌 것 같다.

'포기'는 중간에 되돌아오는 발자국이 너무 많다.

마음

마음을 비웠다는 건
비우지 못한 것이고

기대하지 않았다는 건
기대한 것이다.

아무리 수세미로 빡빡 닦아내도
마음은 지울 수 없다

삶에 대한 생각

난 여태 '우리가 태어나 왜 삶을 열심히 살아야 하는가'에 대해
정확히 정의 내리지 못했었다.

오늘 우연히 발견한 것 같다.
'윤회'를 비록 믿지는 않지만, 혹 다시 태어날 수 있다면

지금 이 순간보다 멋지고 드라마 같은 삶은 없을 것이다.
왜냐면 어떤 작품도 전작을 능가하는 후작은 거의 못 봤기 때문이다.

난 지금이 우리의 전작이라 믿고 싶다.
그래야 왠지 후작보다 나은 삶을 만들 수 있을 것 같아서.

너와 나

어른이 되어 가장 슬픈 건

혼자라는 느낌. 즉 외로움과 더 친해졌다는 것.

왜 학창 시절이 그리우냐고 하면

너희가 있어 외로움을 잠시 잊었으며

그때는 그냥 너와 나였지

지금처럼 너는 너고, 나는 내가 아니었기에.

모른다

생활비 100만원으로 생활하는 사람은
10만원으로 살아야하는 사람을 절대 이해 못한다.

세상을 사는 법

등산하다 간혹 정상 근처에서 내려오는 분들이 말을 건넸다.

"힘내세요. 거의 다 왔습니다."

이 말은 정상을 밟은 자의 여유도 아닌 '응원'이었다.
정상을 밟은 이 또한 정상 근처에서 얼마나 힘들었는지 누구보다 잘 알기에
먼저 오른 이의
"힘내세요."가 약수 같은 갈증을 해소했을 것이다.

이런 진심 어린 말 한마디가 인다라의 구슬**처럼 연결되리라 믿는다.

** 〈화엄경〉에는 인다라 구슬에 대한 설명이 나옵니다.
"인다라의 하늘에는 구슬로 된 그물이 걸려 있는데, 구슬 하나하나는 다른 구슬 모두를 비추고 있어, 어떤 구슬 하나라도 소리 내면 그물에 달린 다른 구슬 모두에 그 울림이 연달아 퍼진다 한다."

등산의 법칙

1. 몇 번을 쉬었는지가 중요한 게 아니었다.
   한 번이라도 정상을 밟아봤는지가 중요하더라.

2. 등산은 솔직하다. 딱 내가 오른 만큼 내려 볼 수 있다.

3. 등산의 준비물은 체력이다.
   최고급 장비를 구비해도 체력보다 중요한 것이 없다.

4. 정상을 정복했다고 세상을 다 가진 건 아니다.
   허나 세상을 가질 수 있는 '나'는 극복한 것이다.

이유

나를 끊임없이 사유하다 보면
그 끝은 '죽음'에 대한 물음이었다.

'죽음'이 가지는 끝의 의미는
짧은 생에 대한 '확인'이었다.

평생 난 죽음을 체험할 수 없음에
차라리 살아야겠다고 결심했다.

행복

행복한 삶은 없다.
다만, 행복하게 만들 수 있다.

1등

항상 잘하려 했다.
칭찬받으려 했고, 관심받으려 했다.
인정받고 싶었고, 사랑받고 싶어 했다.

그것이 1등은 못하더라도 2등이 되게 하는 힘이었던 것 같다.

그래도 매번 아쉬웠다.
1등이 되었다면 모든 관심을 독차지할 수 있었을 텐데 하고 말이다.

어느 날 난 1등을 했다.
모든 사랑을 받을 줄 알았던 내게 2등 때보다 적은 사람들의 축하가 있었다.

뒤돌아 생각해보니 1등을 못해 혹 상심할 내게 다가왔던 응원들을,
난 2등이라서 당연히 받을 관심으로 생각했던 것 같다.

그때 처음 1등은 외로운 것이라는 것을 알게 되었다.
남의 인정이 아니라 오직 나만이
그동안의 노력을 인정하고 안아줄 수 있는 사람만 가질 수 있는 자격이었다.

독서와 식사

'독서는 마치 식사와 같다.'란 생각을 했다.

인간은 죽을 때까지 항상 채워야 하는 배고픔을 느낀다.
인간은 죽을 때까지 지식 확충의 욕구를 가지고 있고 지식은 필요하다.

음식을 먹기 싫은데 욱여넣거나, 급히 먹으면 체하기 나름이다.
음식이 싫어지기도 한다.
독서도 언젠가 억지로 읽거나,
빨리 마무리하려 속독하면 독서 자체에 흥미를 잃기도 할 것이다.

마지막으로 식사는 내 골격을 만들고, 피를 돌게 하고,
근육을 키우며 나를 성장시킨다.
독서는 내 지식을 확충하고, 사고를 깊게 하며 나를 성숙하게 한다.

중요한 건 한 번의 식사로 우리의 키를 키우거나,
체중이 절대 늘지 않는다는 것이다.

마치 한 번의 독서로 우리가 똑똑해지거나
사고가 깊어지는 것이 아니듯 말이다.

어느 날, 거울 보고 훌쩍 커버린 내 모습을 보고 놀랐듯이
우리의 지식과 사고 또한 우릴 놀라게 할 것이다.

이것이 내가 느낀 독서와 식사의 공통점이다.

04

편하게, 조금은 진지하게

아무리

아무리 아름다운 곳에 있더라도
여유가 없다면 눈에 담지 못하더라.

아무리 아름다운 사람을 만나도
알아보지 못하면 마음에 담지 못하더라.

여행의 차이

홀로 떠나는 여행은 내 '삶'이다.
오직 나의 선택이 모든 여정을 결정했다.

당신과 떠나는 여행은 '사랑'이다.
어디를 가든 당신과 함께라면 소풍이 되었다.

야상시

깊어라 밤아.
덮어라 운아.
숨어라 달아.
가거라 님아.

잃고 잊고

나는 너를 잃고
가던 길을 잃고
밤에 잠을 잊고
제때 밥을 잊고

잃고, 잊고 그리고 너

밤 1

밤은 엄숙하다.
독서실 사서처럼
작은 소리까지 놓치지 않는다.

밤은 침묵한다.
입을 꽉 다문 자물쇠처럼
아무 말이 없다.

중요했던 건

몇 명이나 사귀었느냐가 아니라
한 번이라도 뜨거웠느냐가 중요하더라.

얼마나 오래 사귀었느냐가 아니라
지금도 내 옆에 있느냐가 중요하더라.

소화제

속이 더부룩하면 찾는 소화제
딱 당신 같다.

내 기분이 더부룩하면
당신부터 찾게 된다.

기회

기회는 오는 것이 아니라 잡는 것이고.
성공은 잡은 기회를 통해서만 실현된다.

내가 성공하지 못한 이유는
기회가 오지 않아서가 아니라
내가 여태 못 잡았던 것이었다.

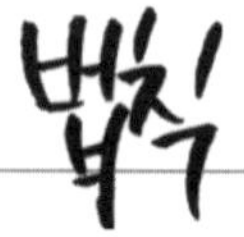

아무리 좋은 사람도
내가 볼 줄 모르면 남이 되더라

법칙 2

그를 잘 안다고 확신하면
반드시 실망한다.

평생 알아간다 생각하면
오래 함께한다.

여름 가을

마셔 볼까 저 하늘
떠먹을까 속 구름
잡고 싶다 이 햇살
놀러 갈까 내 아가

낳다

혹시는 의심을 낳고
의심은 불신을 낳고
불신은 오해를 낳고
오해는 '아무도'를 낳더라.

다짐

장가를 가도 배는 나오지 말고,
시집을 가도 화장은 끊지 말자.

장가를 가도 슬리퍼에 검은 양말 말고,
시집을 가도 버스 빈자리에 핸드백 던지지 말자.

처음의 중요성

첫 이메일 아이디는 모든 아이디에 적용되고
첫 직장은 당신의 경력에 치명적이며
첫 사랑은 가장 순수했던 연애경험이고
첫 이별은 사람의 소중함을 알게 했고
첫 고백은 가장 가슴 뛰던 순간이더라.

주차장

101–1 주차장 번호.

오직 101–1 호주만 주차할 수 있다.

'ㅇㅇㅇ' 너의 이름

오직 내 마음만 주차할 수 있다면 좋겠다.

주차장 _ 오직 내 마음만 주차할 수 있다면 좋겠다

개방

내 눈이 맑고 총명해 보여도
감고 있으면 보이지 않더라.

내 귀가 아무리 크게 펄럭여도
닫고 있으면 들리지 않더라.

것들

나이가 들수록 쌓이는 것들
후회, 그리움, 뱃살.

나이가 들수록 줄여야 하는 것들
욕심, 고집, 뱃살.

나이가 들수록 놓치지 말아야 할 것들
건강, 가족, 뱃살을 빼겠단 의지.

너

머리에 있는 너
가슴에 있는 너
보고 싶은 너
생각나는 너

너는 같지만 다 다르다.

멈추면

뛰면 땅만 보이고
걸으면 나무들이 보이고
멈추면 나무 틈 꽃 한 송이 보이더라.

뛰면 밤하늘이 보이고
걸으면 구름 속 달 보이고
멈추면 떨고 있는 별들이 보이더라.

새벽 4시

새벽 밤은 깊었는데
그리움은 깊어지지 마라.

달은 빛을 잃어가도
해는 재촉하지 마라.

청소부 아저씨를 위해
바람아 잠시 멈추어라.

누구냐 넌

너로 인해 가족을 잃었다.
가족 간의 대화가 줄었기 때문이다.

너로 인해 여친을 잃었다.
사랑보다 캐릭터의 렙업이 먼저였기 때문이다.

지성을 잃었다.
지하철에 책을 들고 있는 분이 없어졌다.

건강을 잃었다.
나의 충혈된 눈만큼 시력도 잃어버렸다.

지독한 넌.
바로 '스마트 폰'

견인

견인차야
내차만 견인하지 말고
내 사랑도 견인해 가라~

너에게 보내는 편지

너에게 기대하지 않아.

기대하지 말자

기대 말자

기대자

그러자

너의 품에.

소주 한잔

한잔, 한잔 비우다 보면
내 마음도 비워질까

한 병, 한 병 채우다 보면
내 그리움만 채워갈까

차라리 마시지 말걸 하면서
차라리 만나지 말걸 하고 있네.

사랑을 운전하다

운전은 약속이다.
빨강은 멈춤이고.
주황은 조심이고,
초록은 허용이다.

사랑은 운전이다.
오해는 빨강이고
침묵은 주황이고
미소는 초록이다.

소통

주먹을 꽉 쥔 손은
모래 한 줌 집을 수 없다.

손을 펴는 순간
모든 것을 받아들일 수 있다.

소나기

오면 온다하시지...
가면 간다하시지...

내 맘만
흠뻑 젖고 말았네

차이

내가 하지 못하는 것은 '이유'였고,
네가 하지 못하는 것은 '변명'이다.

내가 하지 못한 것은 '실수'이고
네가 하지 못한 것은 '실패'이다.

내가 가져야 하는 것은 '결과물'이고
네가 가져야 하는 것은 '욕심'이다.

글자 하나가 모든 걸 갈라놓는구나.

모기

꾸준히 헌혈하는 내게
너는 겨우 채혈 수준.

하필 발바닥을 뽑아먹어
걸을 때마다 너 생각나

모기야.
오늘 난 발 안 씻었지롱.

닮다

내가 너를 닮아 가는 건
나를 잃겠다는 것이 아니다.

너를 잃지 않겠다는 최선의 노력이다.

흔들림

이유 없는 흔들림은 없다.

저 벼들은 혼자 흔들릴 수도
저 파도가 혼자 칠 수도
저 민들레 홀씨가 날릴 수 없다.

내 마음도 혼자 흔들린 건 절대 아닐 것이다.

풍선껌

첫맛은 달짝지근
단물 빼려 쩝쩝쩝

단물 쏙 뺀 풍선껌
불어보자 풍선 뻥

씹다 보니 아귀 아파
톡하고 뱉어냈네.

쏙 빠진 내 치아
까치야 돌려다오.

역시 발치엔
풍선껌이 최고라네.

모두가 내 손을 놓지 말아 달라면서
정작 내 다른 손은 빈손이 아니었던가

한 번도 누군가를 꽉 잡아준 적 없으면서
내 손만 잡아 달라 손짓만 하고 있지 않았던가

손 2

잡은 손을 상대방이 놓겠다는 건
두 가지 이유다.

당신 손이 더 이상 따뜻하지 않거나
혹은 당신 손보다 따뜻한 손을 만났거나.

손에 땀이 범벅되더라도,
깍지를 끼고라도 놓지 않겠다는 사람을 만나고 싶다.

정리

망각이란 기능은 모두 가지고 있지만
성능은 사람마다 다르다.

아쉽게도 내 머리의 하드디스크 정리기능은
많이 뒤떨어진 것 같다.

네가 아직 생각나는 걸 보니.

이유

남자가 차를 좋아하는 이유는
한 발만 고생하면 온몸이 편한 줄 알고

여자가 백을 좋아하는 이유는
앞의 뱃살을 감추기 어렵기 때문인가?

행동

당신이 포르셰 스포츠카를 탔더라도
브레이크를 떼지 않는 한 출발하지 못한다.

당신이 아무리 좋은 꿈을 가졌대도
이뤄지지 않는다면 영원히 '꿈'일 뿐이다.

지나친

지나친 친절은 불편이고,
지나친 관심은 사양이고,
지나친 연락은 차단이고,
지나친 걱정은 오바이다.

큰일이다

눈을 뜨면 네가 보고 싶고
눈을 감으면 네가 보인다.

널 보겠다고 평생 눈을 감아야 할까.

잠시만

잠시만 있다 갈게요
빗소리가 좋아서요.

어찌 그리 급한가요.
급히 그친 소나기처럼.

한 번만 더 생각해 보아요.
우리 처음 만난 날을.

뭐가 그리 바쁜가요.
"안녕."이란 말도 못할 만큼.

그리움

밥때 마냥 배고프다 '꼬르륵'

그때 그 사람이 보고프다 '어렴풋'

시도 때도 없다 '그리움'

평생 따라오는 '너 이름'

4라 4아

가거라 청춘아
오너라 인생아
즐겨라 오늘아
잊어라 아픔아.

키

누군가에겐 '표준'인 것이
누군가에겐 '꿈'이 되더라

Day

비가 내리는 날은
눈물을 감추는 날

구름이 잔뜩 낀 날은
달을 찾아 헤매는 날

밤이 깊은 날은
별을 보기 좋은 날

그대가 떠난 날은
나를 다시 돌아보는 날

작은 것

숲에는 숨 쉬는 나무가
사막에는 모래가 숨어있네.

밤하늘에 별이 떨고 있고
계곡에 물방울이 치를 떠네.

작은 것, 허나 작지 않은 것.
작지만 없으면 아니 되는 것.

국가에 국민이 있고
우리 안에 내가 있듯이

작지만, 없으면 아니 되는 것.
존재 하나로도 소중한 그것.

길

너를 따라가면 너의 길이 되고,
내가 택해야만 내 길이다.

너를 따라가다 길을 잃었대도,
내가 택한 책임이다.

길은 원래 있지 않았다.
다만 만들어진 것일 뿐

길을 따라갈 것인지
길을 만들 것인지

결국 우리의 선택이
길이 된다.

밤 2

밤은 모든 걸 삼킨다.
공간 속의
빛도 인기척도 없다.

깊어지는 밤일수록 커지는
냉장고의 끙끙대는 소리와
시계의 또각또각 발걸음 소리뿐

밤이 밀려오고
달이 구름에 가리 우면
바람은 내 뺨을 때린다.

뒤돌아보면 왠지
그대가 있을 듯하지만
결국 그리움만 서 있다.

밤은 모든 걸 삼킨다.
그녀의 미소도 웃음소리도
모두 삼켜버렸다.

야식

밤마다 네게 그립다.
내 온몸이 너를 찾는다.

잠자고 일어나면 잊혀질까
이제 그만 할 때도 되었는데...

그이름 "야식"....

다른 기억

한 사람은 '추억'이라 부르고

다른 사람은 '후회'라 부른다.

우린 얼마나 많은 추억을 갖고 있는가.

빗속

좋았던 추억들도 이 빗속에 흘려보내라.

흘러 흘러 다시 비가 만들어질 때쯤

그때 되면 기억하리라.

우리 그때 그 만남과 시간을.

걸껄껄

할껄
말할껄
갈껄

가장 가슴아픈 말

그렇게

무엇이 그리 급했을까
나를 두고 가실 만큼

그렇게 급했다면
나는 기억하시려나

한 번만 뒤돌아봐 주길
그렇게 속으로 불러 보네

떠나는 그대 자취
멀어지는 그대 체취

무엇이 그리 급했을까
우리 추억 두고 가실 만큼.

05

그럴싸한 이야기

대화 1

친구 : 여자가 연애는 하고 싶은데 결혼은 하기 싫은 마음은 뭐냐?

나 : 그냥 연애만 하고 싶은 마음이지.

친구 : 그럼 결혼은 하기 싫은데 아기는 가지고 싶다. 이건?

나 : 아기는 원하지만 너랑은 결혼하고 싶지 않은 뜻 같은데?

대화 2

나 : 너 소개팅 했지? 어떻게 되었어?

친구 : 그냥 오빠 동생 하기로 했어.

나 : 또? 대체 넌 5년째 소개팅을 하러 다닌 거냐?
여동생들을 만들러 다니는 거냐?

해변의 여인

뜨거웠던 여름 아침

해변 어딘가에 혼자 앉아있었다.

“저기요.”

뒤돌아보니 한 여성이 나를 빤히 쳐다보고 있었다.

“죄송한데 사진 한 장만 찍어주시겠어요?”

“아…. 네.”

나도 모르게 양손으로 고급 DSLR을 받아들었다.

‘아, 이런 카메라는 첨 사용해 보는데ㅠ’

두리번대며 만지작거리다 보니 그녀가 다시 다가오더니 친절하게도 설명을 해준다.

“이게 줌인이구요. 셔터는 이거만 누르시면 되세요. 다른 건 제가 설정해놨어요^^”

‘아…. 쪽팔리다ㅠ’ “아…. 네, 그럼 찍을게요.”

렌즈 안에 들어온 세상은 내가 들여다본 것들과는 달라 보였다. 특히 렌즈 안에는 햇살을 머금은 그녀가 오직 날 보고 미소 짓고 있었다. 괜스레 귀가 빨개지는 느낌이었다.

"찰칵, 찰칵" 두 장을 찍고 양손으로 그녀에게 카메라를 건네었다.
그녀는 "감사합니다." 하며 방긋 웃음과 함께 등대 방향으로 걸음을 재촉했다.

여름은 자기 할 일을 다 한 듯 지나가려 하지만
그때 해변에서 만난 그녀의 얼굴은 아직도 내 기억에 선명하게 각인되었다.

'찰칵' 지금이라도 현상하고 싶다. 해변의 그녀.

바람피우기 좋은 날

오늘은 바람을 맘껏 피울 것이다.
님은 해외여행을 가고 나만 홀로 남았다.

오늘은 누구에게든 몸과 맘을 줄 것이다.
님은 지구 반대편 시차가 반대인 곳에 있다.

클럽에 가서 맘에 드는 이에게 눈빛을 보낼 것이다.
왜냐하면 오늘 난 자유이다.

그렇게 난 30년 평생을 싱글로 바람을 꿈꾼다.
님은 대체 언제 오려나. 아…. 바람피우고 싶다.

& DIFFUSER
JB COMPANY

글 쓰는 남자

내 글을 좋아하는 한 여성이 있다.
그분은 내 글을 매일 신문을 구독하듯 기다린다.
난 글을 쓴다.
오직 그 여성이 내 글을 읽고 즐겁길 바란다.
그러다가 난 화재로 인해 두 손을 크게 다쳤다.
더 이상 펜을 잡을 수 없게 되자 그녀를 기쁘게 해줄 방법이 없어졌다.
글을 쓸 수 없게 된 내게 그녀는 더 이상 내 옆에 있을 이유가 없어졌다 생각했다.

나는 사고 이후 누구도 만나기를 거부했다. 그녀로부터 택배가 오기 전까지.
그 안에는 여태까지 내가 썼던 글로 만들어진 책 한권이 있었다.

제목 : "글은 손이 아닌 마음으로 쓴다"
지은이 : 이제 너의 손이 되리

폐지 줍는 할머니

8월 5일 남들 다 여름휴가라고 들떠있을 때 할머니는 유모차를 끌고 거리를 나선다.
"할멈, 어차피 오늘처럼 더운 날은 좀 쉬구려. 다들 휴가 가서 폐지도 없다오."
"그래도 입에 풀칠할 만큼은 있어요. 무릎 아프신 당신은 좀 쉬고 있구려."

15년 전 공사장에서 일하다 무릎에 손상이 간 이후로 할아버지는 할머니의 일 나가는 뒷모습만 볼 수밖에 없었다.
"아…. 어찌 오늘은 날이 이렇게 더 덥누. 울 할멈 고생하게시리…. 단추는 왜 떨어진겨? 꿰매야겠구먼."

할머니가 사는 산동네는 역시나 골목도 많고 언덕도 많다.
그래도 예전에는 동네 사람들이 많았는데 요즘은 나이 많은 노인들만 자리를 지키고 있다.
그래서 폐지도 구하려면 언덕 밑까지 내려가서 올라와야 했다.
새벽부터 일찍 일어나 폐지를 구해야 할 정도로 요즘은 경쟁이 심해졌다.
하루 5~6,000원 벌이로 라면도 사고 쌀도 살려면 하루도 쉴 수가 없었다.
정부에서 노인복지 명목으로 30만 원이 나오지만 부부가 살아가기엔 턱없이 부족했다.

"안녕하세요! 할머니 오늘 이렇게 더운 날도 나오신 거예요?"
"그럼요. 정난 어미는 가게 문 오늘 닫은겨? 오늘은 폐지가 없겠네, 그쟈?"
"네, 오늘 손님도 없을 것 같아서 그냥 문 닫았어요. 오늘 39도라서 폭염주의보라 다들 밖에 나올 생각들도 안 할 거예요. 할머님도 오늘은 얼른 댁에서 쉬세요."
"덥긴 하네, 오늘 차라리 다른 할멈들 없으니 나만 다 주울 수 있지 않을까 해서…."
정난 어머니는 할머니의 뒷모습을 보면서 걱정이 밀려왔다.

사람들이 폐지를 몰고 다녔었나 보다. 사람이 없는 길가엔 폐지도 당연하듯 보이지 않았다.
"에휴… 폐지가 없으니 이거 어떻게 하나. 그냥 돌아가야 하나. 자꾸 숨도 차고……."

되돌아가려는 순간 오른쪽을 보니 조그마한 종이상자가 하나 있었다.
"저것만 가져가고 돌아가야겠다."
다가가 그 종이상자를 들어보려 했는데 빈 상자가 아니었다.

"이 안에 뭐가 들은 거지?" 하며 상자 뚜껑을 열어보니 작은 곰 인형이 들어 있었다.
"아이고, 예뻐라. 이거 소영이 가져다주면 좋겠네"하며 손주가 인형을 들고 있을 모습을 생각하니 당장 달려가고 싶었다.

30분쯤 걸었을까. 언덕 초입에서 덜컹거리며 유모차 오른쪽 바퀴 하나가 데굴데굴 굴러가며 빠져버렸다.
"이놈의 유모차도 날 닮아서 늙었나 보네. 이젠 버려질 나이가 되어서 그런겨?"

성큼성큼 바퀴를 주우러 갈 때 뒤를 보니 유모차에 앉은 곰 인형이 손녀의 얼굴로 매치가 되었다.
"쿵!"하는 소리와 함께 솜털처럼 가벼운 할머니는 공중에 떠올랐다 "털썩"하고 내려앉았다.

검은 승용차에서 중년의 남성 둘이 내렸다가 주위를 살피고 인적이 없음을 확인한 뒤 사라졌다.

할머니는 그 마을에서 70년을 살았다고 한다. 그리고 하필 태어난 날 하늘나라로 돌아가셨다.
할아버지는 할머니를 묘에 묻고 그해 가을 할머니를 따라 돌아가셨다.

유일하게 남긴 그 곰 인형은 알고 있었다.
검은 승용차의 두 남자는 둘째 아들 손자의 친구들이었다는 것을.

한번 꼭 만나고 싶은 사람

꼭 한번 만나고 싶은 사람이 있다.
이렇게 비 내리기 전 발목이 욱신거릴 때 말이다.
그는 내게 아쉬움이자 아찔함이었다.
대학 졸업 후 2년간 공무원 시험에 떨어졌던 나는 제주도 비행기 티켓을 끊어버렸다.
마치 내 취업운도 끝나버린 느낌이었다.
하필 옆자리는 덩치 큰 아저씨와 수려해 보이는 젊은 청년 사이였다. 비좁았다.
난 잠든 것도 몰랐다. 도착했다는 안내방송을 듣고서야 40분간 젊은 청년의 어깨에서 잤다는 걸 깨달았다.
미안했지만 뭐라 할 말이 없어, 짐을 얼른 들고 괜히 걸음을 재촉했다.

이틀째 되는 날. 그 청년을 또 만나게 되었다.
한라산 중턱쯤이었는데 그도 일행이 없었나 보다.
내 뒤를 따라잡고 결국 우연히 같은 위치에서 쉬게 되었다.
대화는 없었다. 그래도 우린 이야기하고 있었다. 그리고 함께 걸어 올라갔다.
정상을 얼마 안 남기고, 습한 돌부리에 다리를 순간 접질렸다.
잠시 쉬면 될 줄 알았는데 신발을 벗어보니 부어오르고 있었다.
마치 내 2년간의 공무원 시험이 떠올랐다.
합격에서 2, 3점 때문에 떨어진 그때처럼.

그때 마침 그 청년이 내려오다 나와 눈이 마주쳤다.
“다쳤어요? 걸을 수 있겠어요?”
“아 네, 괜찮아요.”
“함께 내려가죠.”
“아니에요. 먼저 내려가세요. 전 천천히 내려갈게요.”
“일어나 보세요. 그럼”
일어나려 다리에 힘을 준 순간 악 소리가 나왔다.

“안 되겠네요. 업혀요. 혼자 절대 못 내려가요.”
그렇게 난 7시간을 그의 등에 업혀 겨우 내려왔다.

“병원까지 함께 못 갈 듯해요. 제가 선약이 있어서.”
그것이 그의 마지막 모습이었다.

난 그의 어깨와 등에 신세를 지고 감사하단 소리 한번 못했다.
이렇게 비가 내리려 하는 날이면 내 발목이 욱신욱신하다.
마치 그를 처음 만났던 그 아찔함과 설렘을 상기시키듯 아려 온다.

무등산 소년

어느 무등산 꼭대기에는
나무를 심는 소년이 산다.
언제부터 그 산이 무등산이 되었는지 아무도 모른다.
들리는 이야기에 의하면 그 산에는 나무를 먹는
큰 괴수가 산다고 한다.
그래서 누구도 그 산에 올라갈 엄두를 못 내었으나,
그 소년은 매일 무등산에 올라갔다.

5년이 지나도 그 산은 무등산이었고,
10년이 지나도 나무는 자라지 않았다.
허나 신기한 건,
5년이 지나자 사람들은 무등산을 등산하고,
10년이 지나자 괴수가 산다는 이야기도 없어졌다.
나무는 안 자라지만 등산길이 생겼고,
아직 무등산이지만 나무 먹는 괴수는 물리쳤다.

나는 그 소년이 보고 싶다.
우리는 가슴 속 무등산처럼 나무는 심지 않고,
보이지 않는 괴수만 품고 있지 않을까.

담배 피우는 그녀

담배를 피우던 그녀는 항상 껌을 가지고 다녔다.
그것도 꼭 아카시아만 고집했다.

왜 아카시아를 씹느냐고 물어봤다.
"아카시아는 벌꿀이 가장 좋아하는 나무예요.
우리가 먹는 대부분이 아카시아에서 채취한 거죠. 나도 그런 아카시아 같은 사람이 되고 싶어요. 아카시아 향이 입안에 퍼지면 마치 내가 그리된 것 마냥 달콤해져요."

그녀는 담배를 끊지 못한다고 했다.
마치 꽃들이 벌을 필요로 하듯 그녀의 아카시아 껌은 담배가 필요했다.

대화 3

나 : 너 어째 최근에 연락이 없었다? 잘 돼 가는 여자 있나 보다?

친구 : 아니 그냥 몇 번 만나긴 했어.

나 : 느낌 좋은데? 몇 살인데?

친구 : 21살.

나 : 에라이, 또 여동생 만들러 다니는 거냐?ㅠ

대화 4

친구 : 나 빨리 결혼해야 할 것 같아.

나 : 뭔 소리야, 너 여자 친구 생겼어?

친구 : 아니, 여자 친구 말고 신부부터 구하게.

나 : 그냥 여동생들 계속 만들어라ㅠ

경주 로맨스

이제는 경주를 떠나야 한다.
마지막으로 가고 싶던 성동 시장에 들렀다.
우엉 김밥과 20년 전통의 순대 전문집이 유혹했지만 현란한 몸동작으로 한 식당으로 돌진했다.

단돈 5,000원에 반찬과 밥 그리고 국이 무제한 되는 뷔페식당.
맛도 양도 5,000원에는 너무 과할 만큼 좋았다.

식사를 마칠 때쯤 파란색 남방의 긴 생머리를 가진 한 여성이 왼쪽 의자에 앉았다.
내가 현금 5,000원을 주인 이모에게 건네자 그 여성이 이모에게 물어본다.
"혹시 현금밖에 안 되나요?"
"고마 당연하제."
그 여성은 지갑을 꺼내서 주섬주섬 살피며 당첨 번호를 꺼내듯 지폐로 보이는 것들이 있나 보았지만 괜한 영수증만 잡힌 듯했다.

"이모, 여기 근처 은행이 어디예요?"
"저까 나가서 그래서 거가 있다."
손에 2,000원을 쥐어 든 여성은 자리에서 일어나 이모가 알려준 대로 가려 했다.

"저기요."

"네?"

"저도 딱 3,000원이 부족해서 옆에 아주머니께서 도와주셨거든요. 근데 가방을 찾아보니 3,000원이 있더라구요. 이거 먼저 쓰셔서 식사하시구용. 다음에 다시 만나면 커피 한잔 사주세요!"

난 3,000원을 건네준 뒤 노란 리본이 달린 백팩을 메고 갈 길을 떠났다.

우리는 다시 만날 수 있을까?

파란 남방 아가씨.

경주여행 – 안압지

이 아름다운 안압지에서 한 커플이 앞에 걷고 있다.
언뜻 보기에도 키 큰 훈남과 예쁜 미인이었다.

누구든 지나가라는 배려인지 1미터 떨어진 채
앞만 보고 건조하게 걷고 있다.
대화도 없고, 그렇다고 주위 아름다움을 만끽하지도 않는다.
마치 2층 영업사원과 5층 여사원처럼
존재는 알지만 그다지 신경 쓰고 싶지 않다는 듯이.

결국 여성이 뒤돌아서 가던 길을 바꾼다.
쫓아갈 걸 기대했던 남성은 담배라도 피고 싶은 마냥 괜한 침만 뱉는다.

반면 앞의 중년 부부는 두 손을 꼭 잡고 눈으로는 아름다운 주변을 담고 있지만 입과 귀는 서로 연결되어 있었다.

분명 두 커플은 오늘 같은 곳에 있었지만 너무 다른 추억을 가지게 될 것이다.

이상과 현실

— 이 상

한 글자 한 글자 그의 글에는 사람들의 입에 오르기 시작했다.
아니 사실은 그의 글보다는 쉬운 문장이 모든 사람에게 유행어가 되었다.
굳이 어려운 문장이 아니더라고 고급스럽고,
책 한번 읽어보지 않은 사람도 이해할 만큼 명료하고 공감되었다.
그렇게 그의 글들은 소문을 타고 언론에까지 극찬이 오르내렸다.
"어린 나이에 저런 감성과 문장력은 대체 어디서 나오는가?"
이런 대서특필과 함께 10년 만에 서점은 사람들로 가득 찼다.
일전에 써놓은 글들을 찾는 사람들이 늘어났고,
그에 대한 국민의 관심은 나날이 높아졌다.
그러다 그는 갑자기 사라졌다.
산으로 갔다는 이야기도 있고. 해외로 갔다는 이야기도 들린다.
중요한 건 그로 인해 사람들이 책을 좋아하게 되었고,
서점은 교회만큼 많아졌다는 것이었다.
그렇게 그는 떠났지만 많은 것을 남겨놓았다.

— 현 실

7시 반까지 경쟁하듯 출근을 한다. 1분만 늦어도 지각이다. '퇴근을 그리 경쟁하듯 체크해봐라.'
오자마자 정신없이 회의장에 들어서니 잔뜩 찌푸린 불독이 앉아있다.
그렇게 1시간 회의시간 동안 고개 숙여 별도 그려보고, 하트도 그려보다 창밖 하늘을 바라본다.
9시 외근을 나간다.
나는 회사의 대표로 업체의 담당자들을 만난다.
12시가 되었으니 점심시간이다. 언제부터인가 혼자 먹는 점심이 익숙하다.
페이스북을 잠시 보고 '좋아요'를 누른다.
그리고 다시 운전대를 잡는다.
6시가 되어 회사로 복귀한다. 그렇게 다녀온 곳을 정리하고. 견적서도 친다.
8~9시가 되서야 눈치를 보며 퇴근을 하니 배가 고프다.
늦은 밤 먹는 저녁은 항상 소화불량을 일으켜 고생이다.
10시쯤 페이스북에 글을 올린다.
짬짬이 운전할 때, 밥 먹을 때 적은 메모를 보며 그때의 생각을 풀어놓는다.
12시쯤 그렇게 잠이 든다. 꿈에서라도 난 작가가 되고 싶었다.

슈퍼주인 아저씨

머리 큰 얼굴과는 다르게 어깨가 너무 좁았다.
마치 꽃게의 몸통이 얼굴인 마냥 언밸런스 했다.
그 아저씨는 도통 말도 없었고 심지어 인사를 먼저 한 적이 없었다.
내가 손님인데….
언제부터 그가 슈퍼주인이 되었는지 모른다.
허나 들리는 소문에는 아저씨는 조폭이었다고도 하고 전과범이라고도 했다.

어느 날 슈퍼를 지나가다 아저씨를 보았다.
그는 무더운 여름에도 밀가루로 꽁꽁 감춘 핫도그처럼 긴 팔만 입고 다녔다.
아마도 그 안에는 문신들이 가득할 것이다.

한 아이가 슈퍼에서 공놀이를 한다.
까르르 모가 그리 즐거운지 모르지만 순간 나도 모르게 걸음을 멈추게 되었다.
그 아이의 공이 아저씨 앞으로 또르르 굴러 들어갔다.

아이는 주저 없이 뛰어가다 순간 슬로우 모션으로 보이기 시작했다.
맞은편에서 오던 오토바이를 미처 보지 못했던 것이다.
그 순간 길거리는 아수라장이 되었다.

아저씨는 몸을 던져 아이를 안았고, 그렇게 오토바이에 치여
데굴데굴 굴러다녔다.

정적이 흐르다 주위에선 비명이 들렸다.
아저씨의 옷은 찢어지고 속살을 볼 수 있었다.
징그러울 만큼 빨갛게 화상 입은 온몸이 찢겨 피로 범벅이 되었다.
아이는 무사해 보였다. 허나 아저씨는 바로 일어나지 못했다.

슈퍼가 없어지고 마을 사람들은 아저씨도 잊어갔다. 아니 잊고 싶었을 것이다.
슈퍼아저씨는 조폭도, 전과자도 아니었다.
화재가 난 아파트에 5살 딸을 구하려다
딸도 잃고 그의 피부도 잃은 그냥 아저씨였다.

그렇게 동네 사람들은 그들이 빚어놓은 전과자 아저씨를 잊어버려야만 했다.

고픔

대학교 1학년 때 나는 순진해서 여자 선배에겐 생일을 다 챙겨주고 도움이 필요하면 먼저 나서서 예쁨을 받고자 했다.
남자 선배들한테는 모 그리 예의를 차렸는지
100미터 밖에서도 달려와 인사를 했다.

그런 내가 사람이 고픈 적이 있었다.
어느 날 자고 일어나는데 열이 너무 심했다.
혼자 기숙사 침대에 누워 자고 또 자며 감기와 싸웠던 것 같다.

헌데 그 날 그 누구한테도 연락이 없었다.
마치 그 넓은 공간에 나만 격리된 듯한 심정이랄까.
몇몇 동기에게 그리고 선배에게 안부를 묻는척하며 먼저 연락을 했다.

"많이 아파?" "어떻게 해" "약 먹고 좀 쉬어"
그게 다였다. 그들에게는 그게 최선이었을 것이다.
허나 뭔가 모를 억울함이 북받쳤다.
내가 얼마나 그들에게 잘했는데.
시간이 지나보니 내가 순진했다.
난 내가 주면 돌아올 줄 알았다.

한 사람이 모든 사람을 다 사랑할 수 없음에도
모두에게 사랑받기 위해 무리했었다.
차라리 그 사랑을 꼭 필요한 사람에게 집중했다면.

그날의 열병은 나를 덜덜 떨게 했지만
덕분에 알게 되었다.
'힘들 때 옆에 있어줄 사람이 진짜 내 사람이다.'라고.

Epilogue

에필로그

0감

어려서부터 공감이란 단어를 좋아했습니다.
이해라는 단어보다는 감성적이고,
소통이란 단어보다는 친근한 단어.

글을 읽을 때 이해를 해야 공감이 왔고,
그제야 작가와 소통이 되었던 경험처럼
어려운 글을 쓰기보다 쉽고 짧게 쓰고 싶었습니다.
저 여인이 아름다운 이유는 그냥 아름다운 것이지
천 마디 설명이 필요 없기 때문입니다.
글을 적을 때 조금은 가볍지만 진지한 글을 적고 싶었습니다.
찰라 순간이었지만 걷던 걸음을 멈추게 하는 그런 사람 같은 글을 말입니다.
그런 당신들의 말과 생각과 행동이 제 글의 모든 것이 되었습니다.

〈0감 Paper〉는 이 글을 읽고 있는 당신을 생각하며 적었습니다.
처음에는 나만의 일기로 적다가
지금은 당신에게 보내는 편지를 쓰는 마음으로.

마지막 책 페이지를 덮고
단 한 줄의 글이라도 독자에게 각인된다면
작가로서 그것보다 감동적인 일은 없다고 생각합니다.
케빈의 첫 작품을 읽어주신 독자님께 감사의 말씀을 드립니다.

Thanks To

고마우신 분들

이 책은 “저 같은 평범한 직장인도 꿈에 가까워질 수 있다”란
응원을 주신 분들 덕분에 탄생할 수 있었습니다.

직접 한 분씩 찾아뵙고 감사를 드려야 하나
이 책으로나마 다시 한 번 감사를 드립니다.

평범한 사람들도 꿈에 한 발짝 갈 수 있는 용기를 함께 응원합니다.

강선영	문병재	윤승열	조민진
강혜인	민묘희	이민석	조윤아
강호성	민주선	이재원	조정임
고아로미	박대훈	이재형	지회연
곽재희	박성민	이하나	차희진
곽주영	박소연	이향미	최경우
김광섭	박소임	이혜인	최윤정
김다은	박신예	임지영	최윤진
김명오	박종화	장민영	최은혁
김명호	박하원	장원서	최혜민
김민수	박해진	장지훈	한승혜
김민호	방은미	정경진	함정미
김영민	서재원	정미혜	홍성미
김주영	서지은	정보라	홍영미
김태완	손영준	정연희	황병곤
김한나	손호현	정유진	황보람
김현순	송시영	정재연	황선영
김희상	신영인	정재연	황영호
김희영	심레지나	정진영	황우헌
류시애	양연주	정혜란	황지윤
류영빈	유주안	조문철	
명대환	육연정	조미라	

Writer
강원상 KEVIN KANG

공감 작가
instagram/kwsfine
facebook.com/kwsfine

Calligraph
강선영 SUNNY KANG

캘리그라피
메리케이 뷰티 디렉터
instagram/amor_ssun
facebook.com/sunnykang1420

D

Design
정연희 YONHUI CHONG

북디자인
카모스 디자이너
instagram/yonhui

01

공감할 것 같은 感
케빈 강의 첫 번째 발자국

2015 Autumn

초판 1쇄 2015년 11월 11일
2쇄 2016년 04월 20일

지은이 강원상
발행인 김재홍
디자인 박상아, 이슬기
교정 · 교열 김현경
마케팅 이연실

발행처 도서출판 지식공감
등록번호 제396-2012-000018호
주소 경기도 고양시 일산동구 견달산로225번길 112
전화 02-3141-2700
팩스 02-322-3089
홈페이지 www.bookdaum.com

가격 12,000원
ISBN 979-11-5622-122-7 00810

CIP제어번호 CIP2015028114
이 도서의 국립중앙도서관 출판도서목록(CIP)은 서지정보유통지원시스템 홈페이지(http://seoji.nl.go.kr)와 국가자료공동목록시스템(http://www.nl.go.kr/kolisnet)에서 이용하실 수 있습니다.